我的悲傷是你不懂的語言

沈琬◎著

推薦序

溫暖的一本書

看完沈琬這本稿子，我得到一個強烈的印象——「文如其人」。

雖然我跟沈琬只見過一次面，她給我的印象相當深刻。我覺得她很熱情、積極、溫暖，對生命充滿著希望和熱忱。

而她的文章也是一樣。

在這個混亂、冷漠、無情的社會，正需要沈琬這樣的文章。因此，我很高興她寫了這本書。

代序

爲何我的悲傷，會是你不懂的語言？

在著手寫這本書的原創，只爲了一些很普通的理由。

經常，在我絕對悲傷的時刻，我會用最沉默來面對。這或許是一反常態，因爲在衆多好友的記憶中，我可歸類爲「女中豪傑」；平常少說兩句都會覺得自己像一顆未引燃的炸彈、一座未爆發的火山；當然更像是一個燜燒鍋，將所有的熱氣、火氣燜閉著似的，可眞是累人！偏偏我又是擔任廣播節目主持人，不說話多難過呀！

可是，當我面對著自己最傷痛的時刻，我竟會變得詞拙、變得不知從何說起？這種莫大的悲哀，只能自己體會、自我消化、自行吸收；無法形容、無人可說、無處抛開，不能全然依靠好友們來排解、來舒緩。

所以，我一直在思索著「它的原由」。

有一天，當我從電台下了節目開車回家的途中，突然有一個聲音從我心底裡迸發了出來。對的！就是這種說不出來的無言、說出來你也未必能懂得無奈；我不能說你全然不能體會，我只好將悲傷留給自己。你之所以不能完全明白是可以諒解、可以體會的；因爲，我深深知道「我的悲傷是你不懂的語言」。

就是這快如鎂光燈般地念頭一閃，竟然解開了久藏於心中的結。如果你有機會，又如果我們有緣分，我相信，你一定能「讀懂我的語言，能讀懂我的悲傷」。

於是，我們展開了一場純屬心靈的約會……

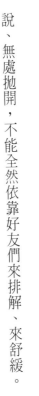

目錄

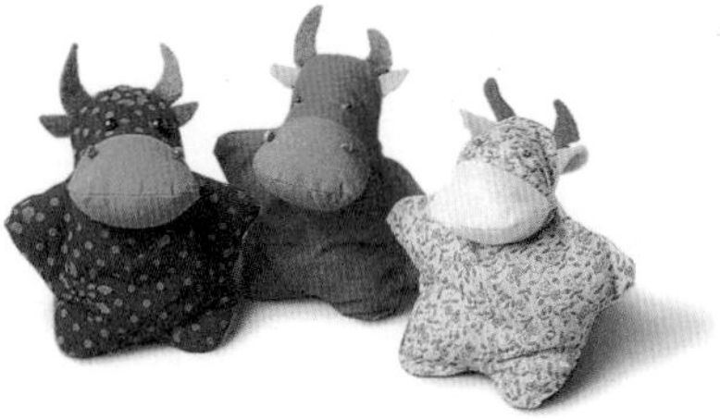

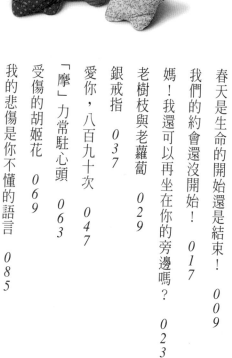

春天是生命的開始還是结束！

每一次當看見樹梢披上新綠時，大家總會雀躍地說：你們看春天來了！好棒呀！花都開得美美地。走、走、走！咱們上陽明山賞花去！

對！上陽明山賞花是台北人代表春天的一個象徵。那枝葉茂盛、群花爭豔的滿山春色，色彩多變的杜鵑，怎不叫人甘心情願忍受塞車之苦，卻非得要抓住片刻屬於春的氣息，爭著與春天約個會！

其實，每一年最捨不得的是踏在竹子湖的海芋田中。雖然，老闆已經收了門票，讓你可以摘取數朵海芋，享受一下親手摘花的樂趣，可是往往寧可在海芋田裡拍照，也捨不得摘取任何一朵海芋！倒是路邊有一大堆的小販在叫喊著五十、一百元一束。看到一束束潔白堅挺、素雅無瑕的海芋被人們拽在懷裡，臉上堆滿幸福的笑容；突然不知這樣的笑

容是因爲撿到了便宜，還是被花的嬌美所折服？

你最愛跟著我的腳步如影隨形，我快你快、我慢你慢。永遠就像是我的小傳令兵！愛跟人的個性老改不了。在偌大的海芋花田裡，你快樂地飛奔著、追逐著，當然你也最愛在那裡解決你的日常大事。遇到你，彷佛就像是將春天搬回家裡！

我常常覺得奇怪，爲什麼跟你同年齡的夥伴都正處在闖禍期，而你卻會在滂沱大雨中，叼著剛出生的小貓回來？看著你細心地用舌頭舔著小貓，又用近乎哀求的眼神看著我們，就知道一定會被你打敗！看著貓咪嬌弱、濕透的身軀，任誰也捨不得棄牠而去。可是，你自己也不過是個孩子，卻懂得生命的重要。無視於雨水淋濕了你的全身？也無視於牠是否是你的同類？你仍然覺得牠是一條生命，生命是不惜任何代價都必須要挽救的。

從未闖過禍的你，常讓我覺得不可思議！你要的愛比別人多，你的忌妒心也比別人強，但你卻從不強求！九個月的生命對你而言實在太過短暫！你眼裡的不捨，是對世界無言的抗議嗎？爲什麼你的春天才開始就要結束？爲什麼你爲別人留下了美好，自己卻選擇了永遠的離開？

記得當時，或許是你的主人吧！狠心地將你和你的兄弟姊妹，總共五隻剛出生不到一個月的小狗整窩放在我的門口，那個時候我眞的不知道該怎麼辦才好？以我養過小狗的經驗而言，你們連牙齒都還沒長出來，如果不先養一段時間，恐怕連生存的機會都沒有；因此，我想將你們再養大一點，等你們有了謀生能力，再讓你們離開，順便在這段時間內，趕快替你們找到個好主人，這樣或許對你們而言會好一些。

沒想到等你們稍稍長大，慢慢懂得追逐玩耍、吵吵鬧鬧時，也正是我最痛苦的時刻。你們歡樂的叫鬧聲惱怒了附近的鄰居，此後，不是門口被貼大字報，就是捕狗隊來抓你們，或是環保署的罰單……。最後，我只能做出一個最難捨的決定——在你和你的兄弟姊妹之中，做出選擇！

我還記得那天，當我的朋友要將你的兄弟姊妹帶走時，你躲在小時候常睡的皮箱裡不敢出來，深怕一出來也會被抓走，但你還是不時偷偷探頭出來，想看一看外面的情況。你那模樣，眞是可愛極了！因爲你根本不知道，你是唯一被留下來的那一個。從此，只要這個朋友一來，你就對他很不友善，一直吠個不停！莫非是想問個究竟，「你把我的兄弟姊妹帶到哪裡去了？」

自從你的兄弟姊妹與玩伴們相繼離開後，我發現你的個性改變了！在你的心裡、眼裡時常都帶著淡淡的憂傷；你變得好喜歡去找朋友，即便那些流浪狗都不理會你，你仍然常去討好牠們！這時，我才明白你也是極需要朋友的陪伴。當找不到朋友時，你的落寞、孤寂，一定不是我們人類所能理解、明白的；而你所需要的愛，也不一定是我們所能給予你的。你也常討好我們，不准別的狗兒靠近我們，因爲你很害怕連自己僅存的愛也會被牠們奪走了！

我知道你的寂寞與悲傷，但卻一籌莫展；我覺得你好像生病了，但也看不出個所以然來；等我帶你去看病時，你只剩下三天的壽命！

當你見到了最想見的人時，你的眼淚、你的不捨，是在訴說著春天已經結束了嗎？我不明白我們的春天爲什麼會這麼短暫？而你的生命就像花季一樣地更替、交換、消失！善良如你，何時再見？是在下一個花季、下一個春天嗎？

想念你，小不點！春天對你而言雖然是開始也是結束，但你在我心裡卻是每一個春夏秋冬！

「小不點」是我所認養的一隻流浪狗！在我完稿時距離牠過世已有一年多，但很不幸，與我相伴有十四年之久的靈犬「多多」，也因爲年事過高而離世！小「多多」是一隻純白色的馬爾濟斯犬，同我相依爲命，從少女到少婦，我倆日夜相隨，情同母女，也情同姊妹。牠的離開著實讓我異常傷心，唯一可以安慰的是，小「多多」是因爲器官老化壽終正寢；沒有半點痛苦，很平和地離開世間，我亦以能親自爲牠料理後事而心滿意足，無所遺憾！

基本上，牠是一隻很有福氣的小狗，在牠而言，也算是曾擁有過輝煌的一生！牠得過獎也上過電視，曾經走失了五天，而我也能在茫茫人海中將牠找回，多麼地不可思議呀！所以我相信我們這份「人狗情緣」，絕對是前世今生所命定。因此，我信心十足，我知道我與小「多多」必定會有再相見之日！

我們的約會還沒開始！

你的表情永遠是傻呼呼地，叫人不忍心想對你有一絲絲的謊言！從認識你開始，看你唱歌的模樣比誰都認眞，那種認眞的程度實在是有點嚴肅、有點呆；一副未來的世界絕對是要掌握在你的手裡，那麼地有自信、那麼地執著！當時任誰看到你的表演，保證都不是被你的歌聲感動，而是被你誠懇的態度給懾服了！

除了你的歌聲清脆不帶任何雜音外，最重要是那聲音的背後所代表的純眞，激發了當時多少的年輕人，甚或是在商場、政場、情場中遭遇到挫敗的失意人，而「我的未來不是夢」或多或少在當時都起了一些作用！

你知道嗎？作你的專訪實在有點累！因爲你常會答非所問。或許是你的宣傳同事爲你所排的專訪太多，讓你患上了訪問倦怠症吧！再加上你本來就不善辭令，所以專訪的內容通常都是我自己瞎掰的比你還多。後來我才發現，原來我必須很努力地進入你的音樂世界中，才能找到我們共通的語言。愈聽你的音樂，愈能發覺你的才華，也才愈找到眞正的你。

其實外表與內心衝突、矛盾相互糾纏的你，讓你不知應如何用語言去表達自

019 我們的約會還沒開始！

己。音樂，的確讓你很容易表達自己，所以有一段時間你創作了很多不同風格的音樂。不管賣不賣錢，你就是堅持要走出不同的感覺，一定要突破、一定要超越！這樣的努力需要付出沉重的代價，但是你在所不惜！

終於，阿妹的專輯讓你揚眉吐氣！大家都不敢相信自己的耳朵，那會是小寶的音樂？從「姐妹」到「Bad Boy」，可以說是台灣歌壇的一股大旋風！特別是多年來被外來歌手佔據的台灣歌壇，終於有了不一樣的春天。這時候的你，才眞正把自己的音樂帶出另一片天空！不再是那永遠做夢、羞澀靦覥的張雨生！

記得你來我店裡吃飯，特別向我道歉！那是個星期六的晚上，因爲我們約好是在前一天，也就是星期五作你新專輯「口是心非」的專訪，但你臨時有事取消改期了。於是，我們約好在下一個星期一中午，絕不更改、絕不黃牛，一定要好好地聊一聊。在店裡，我還拍著你的頭髮，笑著你說：「臭小孩，看你弄的什麼顏色的頭髮？活像個長著黃毛的小木偶！」你還是以一貫的笑容回答說：「沈姊！別老土了。這是Y世代的特色！」我被你給逗笑了「OK！Whatever you like! I can accept it! But don't know why you loved this color? It's so bright!」

接著，你一邊吃跟我一邊聊，說你有多愛吃我的麻辣……，說著說著，就談到你這張片

子。你好興奮地問我說：「沈姊，你喜歡我這張片子的音樂性嗎？」我聽了後大笑了幾聲對你說：「天啊！這是一張你最花心思的片子，你以為沈姊聽不出你的用心嗎？你想大大地改變自己長久以來跳脫不出的風格，而且中國風味的音樂似乎在你的作品裡幾乎從未出現過，不是嗎？告訴你，我愛死你這張片子了！尤其是音樂的編排、歌詞的濃郁洗鍊，都叫人有煥然一新的感覺。I love it !」

你是一個十足口是心非的人！星期一我還傻傻地準備好帶子，等著你的約會！誰會知道那卻是一次永遠都不會有結果的約會？是你永遠都欠著我的約會！當怡君在電話那端泣不成聲地告訴我你出事了，是非常嚴重的車禍，你被置留在加護病房內觀察，存活的機率很渺茫；當時，我的腦子一片空白，怎麼可能？我們禮拜六才約定的，怎麼才隔一天，世界全變了？

我真的無言以對！聽說那天我還是你的第一個通告。如今我的心靈就像你的歌詞說得一樣，你的面容永遠都烙印在我心靈的角落，你純情的悸動曾奔放過最滾燙的節奏，但在最美、最讓人値得與你共同欣慰的時刻，卻是悲歡起落人靜默。你拋空所有晶瑩剔透的感受，殞落在我們曾一起擁有過的地球！但我還是忍不住要提醒你，別忘了你還欠我一次永遠還不了的約會！

媽！我還可以再坐在你的旁邊嗎？

媽媽是個守舊傳統的女性！不論是從小對我們的管教，或是對我們生活上的照顧，讓我們從來都沒煩惱過！

在我對事業衝刺的時候，媽媽關心的只是我的健康。能不能出名、賺多少錢？似乎都不是她所關心的。媽媽永遠都是一襲布衣短衫、不施脂粉，用最眞實的自我來面對我們。從她身上我學到人生最不虛假的一面！

出外做過很多次的演出，但卻從未與母親同行過。「今年的生日一定要讓母親有個意外的驚喜！」我決定與母親同行，讓她見識一下嚮往已久的阿里山，看看與想像中的台灣到底有什麼不同。媽媽高興極了！但卻擔心會不會阻礙到我的工作。她怕我會因爲要照顧她而分心。我告訴她不必太多慮，一切我都會安排好的，她只要安心去玩、去好好享受就是了。或許這就是目前我所能回饋給母親的吧！

這是母親第一次的旅行，很多事、物都會讓她感到好奇與興奮。而我也很滿足，自己終於也有能力可以讓我最愛的媽媽如此地開心！我的同事已經替我訂了生日壽宴，演出後我飛奔到約定的餐廳，當時媽媽已經被安排好，坐在一個很舒適的位置上，而父親就坐在母親的身旁。

當我一步入餐廳時，腦海裡所閃過的第一念頭，就是好想膩在我最愛的母親身旁，就像小時候每一次放學回家一樣，找媽媽與找冰箱裡的食物是畫上等號的。顧不得在場的同事，我撒嬌地鬧著一定要坐在媽媽的旁邊，因爲今天是她寶貝兒子的生日嘛！

在我一生中，母親的愛是永遠無法用任何感情替代的！記憶中，每一次我的

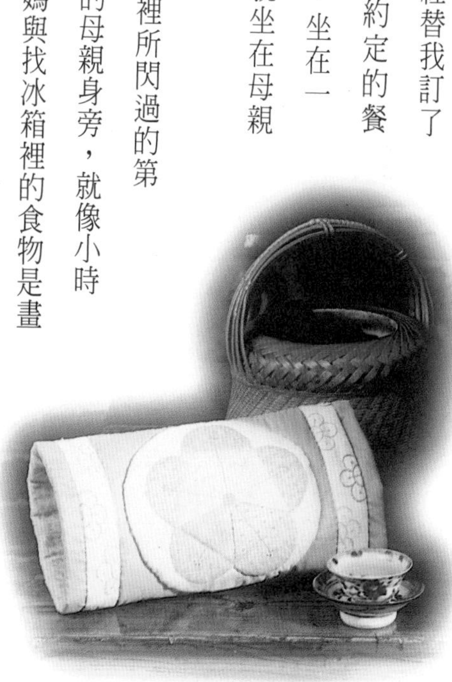

舞台演出，父母親都只是在事前給我加油、打氣、祈福，希望演出一切順利、成功！但對我而言，內心裡卻總覺得缺少了些什麼？終於我感覺到了，那是因爲父母親從來沒有出席過我的演出，也不敢親自出席我的演出。

爲什麼呢？原來母親是怕影響我的演出，而平常穿慣中式唐裝的父親，則是不知該穿什麼樣的衣服出席那樣的場合。在拗不過我的極力要求下，父母親終於答應出席我的演唱會，但是在演出前他們又猶豫了！因爲他們實在找不到適合的服裝，與其穿得不倫不類、丟人現眼，還不如在家看電視轉播！

霎時，我的心沉了下來，眼淚不自覺沾濕了整個臉頰，哪管得即將上場的演出，我只想告訴我最親愛的爸爸、媽媽：「無論你穿著什麼樣的衣服，都不會丟你兒子的臉。只要你們穿得舒服、自在就好！我本來就不是來自一個富有的家庭，爲什麼一定要裝模作樣呢？媽媽，你絕對不會丟你兒子的臉，反而因爲你的眞誠、純樸，讓我感覺更自在！在您的眞我自在中，你讓我學習到如何保有最眞實的感情，演唱出最動人的情歌！」

媽媽！我好想你！你在另一個世界過得好嗎？如果還有機會，我還想膩在你的身邊，讓我再一次坐在你的身旁？要你陪伴我再過好多、好多個生日！

此篇爲歌手許志安與雙親間的眞實記錄。在母親的面前，這位情歌王子是如此純眞可愛，若非親眼所見，絕對以爲是新聞效果！

我曾親自與志安談及這篇文章，深怕觸及他內心深層的痛與思念。沒想到他灑脫地告訴我：「沈姊，我最深愛的媽媽從來沒有離開過我！」他用手指了指天空，又說：「媽媽在天上，她天天都會和我說話。媽媽永遠是活在我的心裡！」泛著淚光的雙眸，已經誠實地道出了他對母親無盡的愛！

我點了點頭，堅定地作出回應：「是的！我相信一個不懂愛、也從未愛過、或是被愛過的人，是無法唱出絲絲入扣、貼切動人的縷縷情歌！我想你必定是一個情感豐富，又相當念舊的人。」許志安點點頭也認同了！他仔細咀嚼著我的感覺，若有所思地結束了我們之間的對話。

老樹枝與老蘿蔔

小時候，時常看到母親蹲在小小的花圃中，一邊澆花，一邊喃喃自語；好奇的我，時常想盡辦法去偷聽，到底母親在說些什麼？但，實在是太小聲了，任憑我伸長了脖子，仍然聽不見母親到底在跟誰說話。

長大一些時，這個疑問從來沒有因爲時間的經過而淡忘，反而更加深了我的好奇！有一天，我終於忍不住了。我故意選母親正忙著澆花的時刻，讓她無法防備，直接衝到她的面前，沒想到居然讓我發現了一個天大的祕密！原來，母親每天在澆花時，是對著所有的花、所有的樹在說話。天啊！難道我的媽媽有點「短路」？跟樹、跟花有什麼話可以天天說的？

我不能控制自己的情緒，實在說來，是很耽心媽媽的健康。於是，我問母親：「爲什麼每天都要跟花、跟樹說話呢？」母親神祕地笑一笑，然後用手指放在唇上，向我比了一個安靜的手勢，阻止了我的好奇。

母親領我一起進入屋內後，她才打破沉默告訴我。當時，她是這麼說的：「傻孩子！草木皆有情，所以除了養它、照顧它之外，別忘了也要對它說說話。花兒、樹兒才會長得美、美、美！」天啊！花和樹也會聽得懂人說的話？接著，媽媽又振振有詞地說：「你看你哥哥家的那盆花，本來都只剩下幾根枯枝了，還不就是我每天細心的照顧，對它說說好話，你瞧瞧！現在是什麼個模樣？不就是長得像大樹一樣了嘛！所以，花要養得好，就得要把它當人來看待。」

關於這一點，我從來不敢否認。或許是不想傷了母親的自信心，或許也是對母親的做法與說法有些許的認同吧！幾年以後，這種奇蹟果眞出現在我家種的樹身上。在剛搬新家時，我特地從老家帶來了一棵最鍾愛的馬拉巴栗樹，我愛它嫩綠的枝葉，當然，容易照顧也是原因之一。搬來沒多久，不知是爲了何種原因，原本堅挺的枝葉逐漸枯黃，接著是片片凋零……眼看眞是像極了媽媽形容的枯枝了！此時，我忽然想起了母親澆花的那一幕，雖然只是零星的片段，但卻重新燃起我的信心。

沒錯！我也要學學老媽的那一套，把樹當人看待，對著它說說好話，看看是否奏效？一個月、兩個月，眼看第三個月也快要來了，說也奇怪，居然眞被老媽說中了。枯木的枝枒間，果眞長出了嫩綠的小葉芽，眞的太神奇了！如果有一天你經過我家門口時，請你不要太訝異，因爲這棵枯木已經變成三層樓高的大樹了。每一次看到它時，我都會很驕傲地對它說一聲：「嗨！老朋友，我的最愛，你是我見過最了不起的樹啊！」當然，比我更跩的人，就是我的老媽了。

前不久，在偶然的機會中遇到一位父親和兩兄妹。引發我好奇心的是這位老爸爸手中的拐杖，這根拐杖不但形狀奇特，而且最不同的地方是木頭的本身。木頭本身浮凸的木紋，將整根拐杖塑造出另一種風情，讓人看後，油然而生一種疼惜的心！

在我細細的追問之下，才知道三十年前所發生的故事。老爸爸爽朗地擺出架勢，開始述說三十年前的往事。聽他細數回憶時，就如同乘坐著太空梭穿越時空一般，引領著我們回溯到當年。

每天清晨，老爸爸都會先做做早操暖暖身子，之後就出門去爬山；爬完了山，回家休息片刻，才會準備到學校教書。

這一天，老爸爸也不例外，繼續做著平日常做的運動，就在快要回到家門口的一瞬間，突然覺得眼前一亮。不知什麼時候，自己家的門前長出了一棵大樹；蒼勁有力的枝椏和翠綠的樹葉相輝映，給人一種古樸、懷舊的印象；枝幹上楷楷節節、斑斑剝剝的樹紋，更勾勒出另類風貌。如此優美的線條，竟然會出現在自己家，眞教人有受寵若驚的感覺。

顧不得什麼禮數，也忘記了什麼教條，老爸爸竟然砍下了一截樹枝，讓它變成了自己日後的珍藏。雖然歷經了多次的搬遷，歷經了時間的考驗，三十年來，老樹枝依然挺拔、依然姿態優雅；然而，老爸爸的身體卻大不如前。在經過一次心臟手術之後，樹枝竟成了老爸爸的支柱，陪伴著老爸爸走過無數個日夜黃昏！

多麼不可思議的緣分。是三十年前結下的緣，用三十年歲月的愛心來照顧，再用剩餘的生命來續緣！多美的一段往事、多感人的一份執著。它，讓我真正見識到人間有愛，處處見溫情。無分草木、無論貴賤，這一份情是不斷地付出、不斷地關懷、不斷地呵護所換得。

老爸爸得意地將一切告訴我，而我卻仍沉醉在那段不可思議的緣分中，久久不能回復。突然，不知是冷氣、還是自己穿的太少的關係，我氣喘的老毛病又犯了，還來不及表達自己的想法，立刻拿出隨身的「氣管擴張劑」噴了兩次。看到我喘得如此難受，老爸爸與他的一對兒女也急壞了，正盤算著是否要送我到醫院。我揮了揮手，並且拿起紙筆寫下了我的意願：「我已經噴了藥，請放心！」

就這樣過了四十幾分鐘後，我慢慢恢復了體力，可以用微弱的聲音說明自己的身體狀況。老爸爸聽後憂心忡忡地告訴我，他的母親也患有氣喘病，那就像是一顆不定時炸彈、也像是一支易碎的玻璃瓶，假如缺乏細心的照料，生命就脆弱的如反掌般地迅速，一切都會結束的讓人措手不及！於是老爸爸介紹了一帖老藥方，據說具有非常神奇的療效，因爲他曾用這帖藥方挽救了自己母親的生命。「但要找尋這帖藥方上的藥材還眞有點困難，得花上很多心思才能找到。」老爸爸說。

我當時聽得一頭霧水，是什麼藥材那麼困難？莫非是「天山雪蓮」？還是王母娘娘的蟠桃？正在納悶之際，老爸爸說話了：「你必須找到醃漬三十年以上的老蘿蔔乾，再加上一顆新鮮的豬心來燉煮。只要有恆心，服用個十次就會有顯著療效。信不信由你！」只要能治病，怎麼會懷疑它的眞實性？只是，三十年以上的老蘿蔔乾要上哪去找呢？想來也只能聽聽就算了。我誠懇地謝謝老爸爸的關懷，也默默地接收了這項訊息，至於他老人家的提醒與叮嚀，也只能永銘於心了！

天色已近黃昏，雖然不捨，但卻也只能無奈地匆匆揮別，老爸爸在兒女的攙扶下，帶著那根心愛的拐杖，也帶著我滿心的祝福，步履蹣跚地踏上歸途。

一星期過後，我居然接到了一個小小郵包，拆開一看，發現原來是老爸爸的女兒從台中寄過來的「老蘿蔔乾」！數量雖然不多，大概只能服用四次左右。這是一份異常珍貴的人與人之間最溫暖的人情，在乎的不是它的數量和價值，在乎的是一份關懷、一份窩心，以及一份貼心的感覺。

沒想到人生的相遇，竟會因爲一根「三十年的老拐杖」和「三十年的老蘿蔔乾」而擦出火花！一份懷舊的眷戀與一份友情的關懷，牽繫著素昧平生的兩份情緣，讓人在漠然空洞、索然無味的生命中多了一些調和。

我深信，人生必然有情，否則怎會思古懷舊？我深信，人生必定有緣，否則怎會相知相守？只是誰能持續這份情緣，有情有義直到生命終了？

銀戒指

窗外的雨已經陸陸續續地下了快一整個月，別說是心情，整個屋子、家具，乃至於花、草、樹木，隱隱而生有股按捺不住的煩躁，想當然耳地我也陷入了這樣的情緒之中。

有人說，常常爲自己的心情作好環保工作，就可以成爲一個「EQ」高手，所以，不妨偶爾改變一下目前的生活形態，訂出一個屬於自己的節日，讓自己有機會去完成一些夢想中喜歡、又想做的事。

人生難得有夢，有夢而又能圓夢者，更是少之又少。高不可攀如慈禧太后，在逃難的時候也和平民百姓般有夢難圓，只有憑著口啖「圓夢燒餅」聊表慰藉。

看著雨水從「絲」變成「線」，眼看是愈來愈大，實在不想在這傾盆大雨中出門。那麼，我想把今天定爲「圓夢日」。我曾經想了好久好久，長時間以來，一直有個念頭，很盼望有一天可以讓自己找到一個合理的藉口，用最從容的時間與心情來……「想你」。

「雨」，你的另一個名字叫作「淚」，一如我小時候最喜歡聽的一首西洋流行歌曲——「Rain and Tears」。當我在想你的時候，「雨和淚」常常讓我分不清楚誰是誰？今天，想必也是吧！我不停地轉動著無名指上的「銀戒指」，這麼多年來，也許你早已忘記，但是它一如既往，仍然掛在我指縫間。

這枚很特殊的戒指有著像雨絲般的纖細造型，它用五條細銀線構成指環，在戒指的中心，也就是細銀線的中央處，鑲上了更細的鎖鏈，而在鎖鏈的盡頭，則是連上一個雙環小圈圈，五條鎖鏈，就有五個小圈圈套在指環上。鎖鏈會隨著指動而搖曳生姿，泛著銀亮的光，溫和而不刺眼，柔柔地就如同你對我最初的愛憐。

每一次，當雨絲和這枚銀戒指

連在一塊兒時，就會讓我深陷入想你的「迷思」中。我會想起一個你說過的往事，一個有關這枚戒指的故事，一個有關於你的故事……

是政變和戰爭讓你遠離了家、遠離了童年，也遠離了所有最親近的朋友。你帶著疲累的身軀與破碎的心靈來到一個陌生的地方，一切都得重來。這枚戒指是你對生長的地方最多、也是最後的回憶，當然它更是你唯一對故鄉的聯繫。每當你想家、想好友、想好多人、想好多事的時候，你就會像轉陀螺一樣地轉動著它，而你的思維也會隨著陀螺的旋轉，旋入回憶的網中。

二十五年一晃而過，對某些人而言，它可能是漫長的；然而，對我來說，它卻有如轉動這枚銀戒指般地輕鬆、迅速！

你心中的痛楚，是許多人都不能理解的，當然，這也包括那時意氣風發的我在內。越南淪陷了，你的家鄉、你的童年和你的夢，甚至你所有的一切……那些美好，全都在淪陷的那一天，和越南一起埋葬在煙火瀰漫的戰火當中。

你一直說，只怪當時年紀小，有些事、有些人，對在那個年代的你而言，是不會明白的。譬如，你親眼看到當時那麼多的美國士兵駐守越南，他們是爲了什麼要離鄉背井，遠渡重洋，來這個與他們沒有血緣、又毫不相干的地方拚命？你說自己的逃離是因爲自己的國家在戰亂之中，但，他們呢？他們又是爲什麼來白白犧牲？是腦袋燒壞？還是另有原因？看著那些像大孩子般的美國大兵，受傷的受傷、被俘的被俘、戰死的戰死；難道他們是自願的？眞是死而無憾？難道他們的父母親也同意嗎？也心甘情願地爲了一個事不關己的國家陪上兒子的性命嗎？

長大後你終於明白：「人，有時候的確是應該爲正義、爲公理而戰；雖然很痛苦、很愚蠢、很無奈，但畢竟他們曾爲某種眞理奮勇作戰過，即便是血流成河、屍骨無存，這樣的人生也算是轟轟烈烈。」這時的你才恍然大悟，自己應背負的責任與義務。而這份責無旁貸的使命感，讓你下定了決心，在有生之年，必定要向當年英勇犧牲的無名英雄致敬。

重返越南，是你畢生的職志。終於，在你向美國的越戰英雄紀念碑表達敬意後不久，你眞的遠離了你說的第二故鄉，遠離了我，向著更遙遠的理想飛去！

對你，我不享有任何的特權，我只有心碎與祝福。當你告知我有關你的決定時，我知道我已經失去了你；你說我可以阻止你，假如我不同意的話。這怎麼可能？這對一個只有十多歲的小女生來說，眞的好難，超級難！對於未來，連自己都不可知？又如何能在當時「許你一個未來」？

相信你我都希望時光能倒流、人生能重來。也許，你可從我的眼神中找到我對你的依賴；也或許，我可以從你的話語中找尋到你對我的眷戀。但可笑的是，你我的人生卻在「無言」中決定了一切。現在的我，只能在記憶中喚回當年的你、當年的我！

旋轉著指環，我又跌進入了塵封的記憶之中……

你曾絲毫沒有些許猶豫與懷疑，很直接、也很自然地將這枚銀戒子套在我的無名指上，這麼突然的事情，讓我大感意外了。當時，如果我沒有記錯的話，我是用非常遲緩和顫抖的聲音詢問著你：「爲什麼？爲什麼會是我？你眞是如此的認爲？」

我依稀還記得，就在你我第二次相約的時候，你曾告訴過我，有朝一日，當你找到一個屬於你的女人，一個眞正你愛、又懂你的女人時，你會立刻將它套在那位女子手上，沒有任何懷疑。你並不是想要套住誰，面對著自己最愛的人，你只是想告訴她，這顆漂泊不定的心，願意從此爲她留下、爲她安定。

多麼地不可思議啊！難道，這眞是愛情的力量嗎？你眞的願意爲我而停留？雖然我是半信半疑，但我欣然接受，也默默地告訴自己：「這份濃情常在我心，絕不會因爲改變而改變。」

陷入舊日迷思中的我，也和當年的你一樣，手中不停地轉動著這枚珍藏了快二十五年的銀戒指。心想，假如連同你的時間也算在內的話，它的收藏年份肯定超過四十年以上吧！

在回憶中，時間總是給人「感慨」勝於其他的無奈！如今，你我各自一方，但這枚握在我掌心的「銀戒指」，除了讓我覺得更具價值外，它還包容著另外的多重意義。旋轉指環，就像是「旋近」了所有回憶；掌握著它，就像是掌握了過去；套著指環，就像是套住了全部對你的記憶。

我不知道此時的你正忙些什麼？還在生活中不斷地忙與盲嗎？抑或是你已經醉在另一個溫柔裡？其實，這些對我而言，不再是爭執的理由，只是這惱人的陰雨天，讓我不自覺地……想你！

萬般思緒化作繞指柔。是這一圈、一圈的銀環將我團團圍住，無法掙脫、也不捨掙脫。有人喜歡在回憶中過日子，有人不敢想、也不願想，因爲回憶讓他痛苦，而今天，我選擇了前者。這只是一種感覺、一種「私人重地，閒人莫入」般的感覺，全然與喜不喜歡無關。

如果，有人問起這枚戒指，我想我會告訴他，多年以前，你所說過的每一個環節、每一段典故，因爲我深信在人世間，會有很多類似我們的故事在不斷地重演著。

故事聽完了一個又一個，事件發生了一樁又一樁。多年前的歷史軌跡，終將在內心鼓成浪般的巨影，在每一次潮起時，將會是記憶最澎湃的極點。如果，你也曾有過故事，別怕「思憶的蟲」會腐蝕了你的腦、你的心；偶爾將自己抽離現實，重返記憶現場，作一次心情的更替。或許你會發現，當時的情緒、當時的處理方式，換做今時今日，你我都會不禁莞爾；當年的氣、當年的怒，早已化爲昨日雲煙，不知散落在何方。人生就是如此，事過境遷，一切何足掛齒？找個時間、騰出空間，放任一下自己，讓自己再次找尋最美、最好的回憶，也讓自己活在最舒緩的情境中，暫時拋開一切包袱，在回憶的空靈世界裡盡情地放縱自己的思緒。

今天的我，就是如此地恣意放縱一下自己；倘若你也願意嘗試，不妨也與我同步，慢慢地旋入一段暌別多年的回憶中。

天快放晴了吧！只是此刻放不放晴與我的心情已經脫節；我想我只是爲想你而想你……

後記：筆者後來在古董店看到了類似的戒指，一種在清朝時代被稱作「搖步戒」的戒指，它和這枚戒指可說有「異曲同工」之妙。古代的中國婦女戴著它，走起蓮步來，搖曳擺動、鈴噹作響，頗有另一番風韻。

愛你，八百九十次

「愛你，八百九十次！」爲什麼？爲什麼不是永遠？眞是莫名其妙的一個人。

一邊數著你給我的相思豆，一邊心裡嘟囔著：爲什麼不是九百九十九顆？有一首歌不是叫做九百九十九朵玫瑰嗎？多美，多好聽呀！如果是一千顆也不錯。

千禧年嘛！總有一點沾上長長久久的意思。可是你卻偏偏要給我八百九十顆，這是什麼意思？這根本就是代表著你的隨性。八百九十顆？鬼才相信。我一定要數個清楚、數個明白！假如讓我找到一點漏洞，哼！你就死定了。反正閒著也是閒著，姑娘我就給你一粒一粒地數，就不相信你也會一粒一粒地放進去。

古人說：「紅豆生南國，此物最相思。」

什麼跟什麼嘛！好不容易爲紅豆找到一個屬於它的臨時收容所，將所有的豆豆全給倒了出來。「十、二十、三十……」無聊的我又再把倒了出來的豆豆慢慢地一粒一粒放回去。數著、數著，突然想起這些豆子竟會是我今年唯一的生日禮物。眞是愈想愈傷心，四十歲的女人就非得要飽受如此的戲弄嗎？

「八百九十顆？唉！現在才數到一百六十七顆，我的媽呀！」我愈來愈相信、也愈來愈肯定你絕對放了八百九十顆紅豆，因爲我實在沒有什麼耐心再數下去。我寧願相信你一定不會做那種騙人高興的無聊事；不過說老實話，爲什麼一定要選在一個女人四十歲生日的時候，送她一瓶滿滿的、紅紅的、引人遐思的相思豆呢？這不是無聊，那又代表什麼呢？正當我沉醉於自己快變成福爾摩斯，抽絲剝繭地找尋答案時，那討厭的電話鈴聲響起了。

實在不想接任何人的電話，反正都是一些無聊加沒營養的廢話，等到對方耐不住性子時肯定會掛掉的。嘿！怪就怪在這？鈴聲說不停就不停，像是在跟我作對。「沒關係，老娘已經決定跟你耗到底，有種就來分個高下。」平常就連睡覺都開著電視、邊睡邊聽新聞的我，怎能如此輕易地被打敗。

不得不佩服這個人的智慧與耐性。

「家裡打不通，老是沒人接？沒關係，我就打大哥大，怎麼樣？夠厲害吧！」這一招果然奏效，大哥大的電話一定非得要聽不可，不然電池就會開始在那耗電，接下來當然必須要等待一段漫長的充電時間，要不就得要關機，但萬一是有重要事……「管它的，就算是被愚弄也罷，讓人快樂總比傷人好，應該算是一件功德。」於是放下手邊正在數豆子的工作，把算過的豆子數字先記下來，再去接電話。如果等不及，就請掛斷吧！不過通常最讓人生氣的是，當你走到電話機前正要準備拿起話筒說話時，電話就斷線了，或是聽到一聲「對不起，打錯了！」這才是最令人氣憤。

「Hello!」通常我都故意這樣去接電話，如果碰到不對盤或不想接的，就很抱歉了！

「Hello, it's me!」天呀！就是你，害我的假期泡湯，什麼事都沒做，只是爲了要證明你是在耍我！當時，眞是怒火攻心，很想立刻對你開罵。送這些廢物給我幹什麼？是你自己沒地方放，想找一個倉庫嗎？但是想一想，你打的是長途電話，而這些豆豆也是我今年唯一收到的禮物。一想到這，就無法對你發脾氣了！說實在的，現在還有比生氣更重要的，就是想知道你爲什麼要送我這份禮物？還小心翼翼、包了一層又一層地寄過來？

「Hello, thanks a lot! 你的禮物我收到了！」我回答得有一點虛僞。但，這就是人生！再不喜歡，也得裝模作樣一番，表達出一份誠意與感謝。「Do you like it?」你顯得很高興的問我。「Oh, yes, not bad! 不過，我很想問問你，爲什麼會想送我這樣的禮物？因爲從那麼遠的地方寄來，又那麼重，還眞有點麻煩！眞謝謝你的用心！」你眞的好開心，然後用有點緊張、又有一點興奮的口吻對我說，「You know why I want to send you this for your birthday? Because, because……Oh, it's quite hard to tell you now!」有什麼理由讓你這麼難以啓齒？我愈來愈好奇、愈來愈覺得怪怪。

要是把我們認識的經過說出來，還眞有點莫名其妙。如果不是我那多事的妹妹好心地替我買了一台爛電腦，我的惡夢就不會開始。讓我氣翻的就是，從買了之後我就沒有用過一天！不但如此，更慘的是當我拿著那台爛電腦四處求助，卻非常不幸的到處都碰壁，竟然在台灣它是沒有維修站的，這眞是可惡呀！所以我透過說明書上寫的維修站，不，應該是服務站的網址和免付費電話，才與你聯繫上，當然這也是我們認識的第一步。

在經過好幾個月向你不斷的抱怨後，我一直希望你能幫我重新更換一台新的機器。雖然你也一直在替我爭取，但似乎沒有什麼結果。不久後你居然在E-Mail上告訴我要離職的事，我聽了之後眞是有如晴天霹靂，「那以後誰來幫我呢？太過分了吧！」第二天，你又寫了封E-Mail 給我，告訴我不用害怕你離職，因爲你已經將我的情況轉述給你的同事，所以一定會有人幫我爭取到底！當我看完這封E-Mail後，心中十分感慨，因爲現在社會上這麼負責的人眞是少之有少。於是我根據你的個人網址，回了一封文情並茂的E-Mail謝謝你，同時誇讚你負責任的態度。我從來不吝嗇給予別人讚美，談不上是我的美德，應該說是我比較感性吧！我老媽常說：「對人多說好話，反正騙死人不償命嘛！」能讓別人高興眞好，大家都能快快樂樂地相處，多溫馨呀！

就這樣一來一往，不知不覺地，每天上網收、發E-Mail 逐漸成爲了我的一種習慣、一種依賴、一種寄託！E-Mail飛快的速度可以讓你心裡想說的話做最迅速地傳達，不必再像從前那樣，得伸長脖子等待郵差的到來。隨著時日的累積，彼此間的了解也與日愈增。在信中，我們無所不談，就如同時尙流行的電子情人一樣。唯獨不一樣的，就是我們從來沒有在信上欺騙過對方，胡吹亂謅一番，當然也沒有談情說愛過。或許是因爲早在寫E-Mail前彼此就通過電話，也約略知道彼此是做什麼行業的原故，所以我們就像朋友一般地無所不談，竟然讓我忘了那台令人惱怒的電腦。「管它那麼多，不能換就算了，至少用它替我交換了一個眞心朋又也划算啊！」

逐漸地，憑著我對事情細心的研判，從字裡行間我發現，你好像對我有著某一種說不出來的感覺，而且是一種男女之間的感覺。所以每一次在回信時，我都會故意對你談一些無關緊要的事，來沖淡這種感覺。特別是我們年齡的差距，那實在有點離譜！十五歲的差距就像一道無法翻越的城牆、無法穿越的鴻溝；我們的思想、不同的文化背景，都在在說明了我們只是一對異國朋友而非戀人。

不知是年輕的狂熱，還是你的思想比較成熟？有時我竟也會被你的話感動，

但理智告訴我，我們永遠只能是朋友！這樣才能長長久久。

雖然，我也看過一篇報導，是發生在中國大陸的一段姻緣，因爲男女雙方都是京劇的同好，所以願結爲一輩子的夫妻。這個眞實的故事聽起來一點也不特殊，實際上造成話題的是因爲男女雙方年齡的差距，女方大約比男方大了將近三十多歲。這段婚姻著實跌破了許多傳統、保守的老一輩中國人的眼鏡，所以才會在報上被大大的報導一番。男方這麼年輕，眞的是爲了有共同的興趣而結合嗎？人們都在猜測他們的婚姻能維持多久？當時我讀了這篇報導，我的直覺是，只要他們彼此眞心相愛，其他的一切又豈是旁人所能理解的呢？不過捫心自問，若是換成了我，我還是寧願你是我永遠最了解、最關心、最愛我的好朋友。

「Hello, are you there?」突然聽到你的聲音，把我從記憶中喚醒，我才想到你等待我的回應已經有一段時間了吧！「Oh, yes! I am here, still waiting for you to give me a good reason. Why you want to send me those beans for my birthday!」

「Hey, wait for my mail today. I will write you all the reasons and the story! Whether you accept or not? For me, it doesn't matter! I just want you to give me your answer and tell me your feelings you got during these days! Promise me, must read it by your heart and your mind! Happy birthday, bye!」我聽得啞口無言，只有連忙答應：「Don't worry about it! I will read your mail word by word! By the way, thanks for your gift! Bye!」其實，有時候人有一種直覺，不用說個明白也能感覺得出來，但，我仍然願意聽聽你的想法。

夜裡，果然收到了你的E-Mail。一邊讀著你的信，淚水一邊撲簌簌地滑了下來！原來，這些紅豆是你花了一、兩年的時間所收集來的。在收集的過程中，你不但要篩選、要清洗掉所有豆豆上的泥土，還必須要將它們放在陽光底下曝曬，等曬乾後才能長久保存。因爲相思樹的豆子如果掉落在土中，有時會被泥土掩蓋著，必須要一粒一粒地撿，所以非常的辛苦。有時你還會邀請一些朋友幫忙撿拾。這些紅豆對你而言，粒粒皆是辛苦的成果，都該好好珍藏。

至於存了那麼久、又那麼多的豆豆到底要做什麼呢？你說，當時也沒想太多，只是覺得有這股衝動，想做一件有點難、而且不是用錢就可以買得到的東西；一天一點地慢慢累積，這樣很有成就感。你還寫到：「當初朋友都笑我是瘋子，外面可以買到一大堆，何必這麼辛苦的在大太陽底下，像白癡一樣蹲在地上撿豆子呢？但我還是堅持到底，直到當地樹蔭下的豆豆都被我撿完為止。」這就是你給我的答案？為什麼只有送我八百九十顆豆豆的眞正原因？

看完了你與豆豆的關係後，終於明白你是位性情中人，有所為，也有所不為。錢的確可以買到一切，但用愛心去尋覓的，卻絕非錢能買得到。既然如此得來不易，又為什麼要轉送給我呢？這才是我所要的眞正答案！在E-Mail中，你說你曾許下一個心願，一定要把這些用愛心積存的小紅豆，送給一個最特別的人。

送給一個最特別的人？寫到這裡，你就停筆了。這是什麼意思？難道我就是那個特別的人嗎？怎麼個特別法呢？看到這裡，信的內容也結束了。而我的心，卻開始忐忑不安，讓我不禁想起一首老歌，好像是翁倩玉小姐唱過的「珊瑚戀」

的歌詞：「說是情，彷彿還有；說是愛，還嫌太早。」這就是我此刻的感覺，現在用它來表達，簡直是太貼切了！

電話鈴聲又再度打斷了我的思緒。「Hello? Hey, it's me again! Did you read my E-Mail?」「Sure,why not! You are so good to me! But, why you gave me this, you almost gave me all your heart!」我說的是實話，因爲我已經可以感受到你炙熱的愛。而你卻給我這樣的回答：「Don't say that! I'm willing to do anything for you! Actually, I know for sure only you will love these beans and will treasure them forever! So, I want to give them to you. You definitely will treat them as your jewellery.」

的確如你所說，我是一個很念舊，又特喜歡收集在別人眼裡視爲廢物的無聊人

士，但我還是不明白，我留著這些豆子做什麼呢？所以我提起勇氣告訴自己，也準備要告訴你，「千萬不要對我有什麼遐想，我們只是朋友，並不適合談戀愛！因爲我實在不想失去像你這樣的朋友。」

誰說身高不是距離、年齡不是問題？問題可大了！談戀愛的結果是什麼？當然是結婚、生小孩囉！要生小孩，就只好找醫生做試管嬰兒。成功率先不說，光是吃排卵藥、打針、取卵……就夠我這個老女人受盡折騰；如果成功受孕，還要擔心什麼唐氏症、蒙古症，或半途流產，眞是沒罪找罪受呀！或許是我想太多了，也許你根本沒有這個意思。只是很想把我當成你一生中最要好、最談得來的異國朋友吧！

「Hey, why you didn't say anything? Do you understand why I gave you these beans which I reserved for 2 years? Actually, I didn't know I can find the most loving woman in the world so quickly. I think may be it needs to take many years to find the real one whom I love! And you, when I read your mail daily, I know you are the one who make me feel crazy. So forgive me not give you time to think about you can accept me or not! I decided to give you these beans finally, they represent my patience and care, affection, loyalty, also my love to you! You only need to remember there is someone who really love and care about you so much. It's enough!」聽了你嘰哩呱啦說了一大堆，平常愛說話的我，此時眞不知要如何回答才好。你說你才不管我的年齡，以及我答不答應都無所謂？你只想讓我知道愛一個人是沒有道理的。所以你要把那麼辛苦珍藏兩年的寶貝豆豆轉送給我，還直說自己運氣實在太好了，本來以爲還要等上個好幾年的，沒想到這麼快就讓你碰到了。因爲你有絕對的把握，我一定會像珍藏我的珠寶一樣地珍惜它們，所以把這些寶貝豆豆送給我是你認爲最正確的抉擇。而我卻刻意不讓自己發聲，爲的是不敢讓你知道我早已經淚流滿面，哭得不成人形。此時，我多麼希望時光可以倒流！果眞如此，也許我們還眞有將來，只是你千萬不要逼我生小孩。

聽完了你的這番話，突然很想告訴我自己，把一切交給命運吧！其實，這麼多年來徘徊在愛人與被愛之間，眞也說不出個所以然來。愛情，沒有所謂的錯與對，只有適合與不適合、眞誠與虛僞、摯愛與欺騙、寬容與暴烈；說穿了，在我這般年齡的男男女女，對愛情已經沒有昔日的那種衝動和激情。愛情，好像是一個好遙遠的名字。而今，我卻被你的熱情再度喚醒。

很開心到了這把年紀，還能再次聽到有人對我說聲「我愛你！」那是一種心情的激動與珍惜。不管這份情能維繫多久，即使是像煙花般絢爛一刹那、像曇花般夜開晝謝，我也願意去嘗試、去接受你的愛！於是我對你說：「Thank you for teaching me how to love and to be loved! I appreciated what you gave me. Not only those beans, the most you gave me is your heart and your soul! I will treat them as your love, and will treasure them forever till my life end!」我會好好珍惜你所給的一切，把你永遠藏在我的記憶中，直至我到另一個世界爲止。

在聲音中，我可以感覺到你悲喜參半的心情。對未來，我們都很茫然，這也許是前世的因與果，命運常常會讓人哭笑不得。在電話的那端，你特別告訴我，別爲那八百九十顆紅豆而煩惱；你也曾想去買一些來補足，但那畢竟不是自己親手撿來的，如果摻雜在一起，好像有一種欺騙人的感覺，所以你就放棄了。人何必非要那麼牽強、那麼不眞實呢？說得也是，誰規定必須要圓滿的數字才會有好兆頭的？你還說，就是因爲它們永遠是不夠圓滿的數字，正代表著你愛我的心永遠不會到達極限，只能增加而不能減少！

所以八百九十顆紅豆，正代表著愛你八百九十次。愛你，八百九十次，只會增加而不會減少！我眞的不敢相信，眼前這一切會發生在我的生命中。

掛上你的電話後，我又回去繼續數著我的紅豆豆。心情上的轉變，讓我多了一份幸福的感覺。每數著一粒紅豆，就彷彿聽到你對我說一聲「我愛你！」愛你，八百九十次……永無休止，直到永遠！

「摩」力常駐心頭

曾幾何時，台灣的電視觀衆還在爲眞假格格、爲婆媳之爭、爲梁祝落淚的當兒，徐志摩與他生命中最重要的三位女性，悄悄然地走入了每個家庭、深植於每個人的心裡。他來時，雖不是春暖花開的季節，但果眞爲惱人、枯燥、無聊的現代男女，帶來了幻象式的「人間四月天」！

在文學家與藝術家的心頭，總有著滿腔的熱情、滿腹的惆悵；這股澎湃的思緒，有如潮汐般地漲起退落，像是一股「魔力」常駐心頭，狂瀉出一段段炙熱的文詞、一張張永不褪色的彩繪……

詩人是浪漫的，然而浪漫是來自悲傷的靈魂。如果不是從「這」分，與「那」合，又從「那」分，與「這」合，怎會燃燒起人間的愛、恨、情、愁？就在這般地分分合合、起起伏伏裡，讓平凡如地平線的人生，從此有了衝突與刺激；否則，人生有如無味的白水，平淡到幾乎不知它的存在，但「它」卻是維繫生命所必需！

人之所以能不平凡、能游刃有餘，必定有著另類的魔力存在於心底，自然散放出與衆不同的能量。只是，再偉大的靈魂也有孤獨的時候、再不尋常的精神也有忐忑不安的愁情！這，又能寄情與何種慰藉？何種理解？

張幼儀女士回憶當時，她道出在當時保守、封建的時代中自己的莫可奈何。面對著愛人的逼退，那種來自內心的悲傷，只能化作無言的告白。徐志摩呀！徐志摩！即便你是有再了不得的聰慧與情懷，相信當時的你，也無法讀懂妻子來自心靈中那絕對悲傷的語言。

在某種程度上，我是佩服張女士的。在那樣的時代背景中，她並沒有選擇臣服於命運，如同當時多數的婦女，不肯在離婚紙上簽名，寧可做一輩子默默無怨的「怨婦」。她非常堅強與勇敢，或許該說是因爲她「愛」多於恨、多於怨吧。雖然，愛是傷得深、深得痛、痛得無形，但畢竟她仍以更寬闊的胸懷，去原諒了自己今生的「最愛」。

相較於徐志摩，用盡一生的情與愛，爲愛盡人間之所愛，不顧世俗，拋妻棄子，任誰去勸說、去責罵，也義無反顧地執意要做中國挑戰舊時代婚姻觀的第一人。他寧可爲愛化成灰燼，流乾了血，也無法抹去心頭中的那絲記憶。其實，徐志摩是可憐的，只因爲他愛上一位他極其所愛又不能愛的人，他必須永遠將她放在心頭，唯有這樣，才能成就她的完美，永恆地在心中似女神般供奉著！

終其一生，徐志摩看似與小曼愛得濃情蜜意；實則，我想應是徐志摩將無法實現的完美，全都寄託在如烈火般、又極度前衛的小曼身上。他，是爲林徽音而離了婚，卻又在種種困境、重重障礙、面面壓力下，只能用最「柏拉圖」式的情愛，捐獻出自己的全部。徽音不能做的，小曼可以。即便是錯，他也只怨自己，不怪別人。相信當他知道翁瑞午有可能介入自己的情與愛時，必然能夠體會出「悲傷」到底是個啥玩意？想必，此時的浪漫詩人徐志摩，肯定是更想念他那「吹不散的人影」吧！

在徐志摩一生紊亂不堪的情愛中，唯有才女林徽音是最清醒的。她清楚地知道分寸，何時該取？何時該捨？雖未能愛其所愛，但求能跳脫於暴風圈中，這何嘗不是人生中的大智慧？只是萬萬沒有想到那亦曾是心中「吹不散的人影」，卻會爲了趕聽自己的一場演講，讓他年輕的生命似流星般地隕落。

巨星消逝，是喜？是悲？是幸？是不幸？還是一連串的問號？如果我可以回答，且容我說一聲，「在最多事、最多磨難的時刻離開，是幸福的。」在短短的三十六年中，收盡人間的讚嘆，斂盡世間的情愛；他離去匆匆，讓衆人有點錯愕，讓愛他的人帶著若有所思的回味，追悼著這位可愛的朋友！他，是世人永遠的徐志摩，不滅的徐志摩！

可憐那班親暱的好友，在失去了志摩後又遭逢巨變，受盡折磨與屈辱，終至各個凋零！你能說浪漫詩人走得太匆匆、走得不是時候嗎？難怪徐志摩要說：

「當我死去的時候，親愛的，請別爲我唱悲傷的歌……」

有時候，眞想說一句，親愛的、我最尊敬的徐志摩先生，你是一位不留神、不小心而落入凡間的精靈，莫怪乎百年以後，仍有許多的人被您的「摩」力所懾服，被您的至情至愛「電」到。

透過「摩電」，每個人都在網中談論著！於是，您笑開了！您說，其實您早已知道，世上無人能逃離這張在百年前您所布下的「情網」，只因「摩」力常駐心頭，永遠是那「吹不散的人影」。

受傷的胡姬花

提著沉重的行李，我終於踏上了胡姬花之國的土地。這個我曾經下定決心將永遠駐留、棲息的城市；一個被稱之爲東南亞最美麗、最潔淨的城市。以前我時常幻想，哪怕只能在這裡多呼吸一口空氣，也是絕對值得的。

滿心的雀躍，是在我確定可以獲得工作，並且眞的可以拿到移民簽證後。但當我與家人商量是否眞的可以接受移民，然後舉家遷往時，似乎有著某一些難言的顧慮，讓我只好用不滿意，但必須接受的心情和態度去面對。這個曾經使我那麼喜歡、那麼嚮往、那麼有獨立個性的地方，要談放棄，著實讓我多少有點不捨。

雖然，表面我是放棄了長期居住的權利，但只要一有機會，她仍將是我休憩的第一選擇！這一次，來到新加坡是想要好好補足我的體力，做一次徹底的休

息。

記得在兩個多月前來時，就已打算要讓自己完全地放鬆，做一次絕對沒有壓力的休息，可是萬萬沒有想到，竟然會在我住的飯店大門口栽了個大筋斗。這還不打緊，更嚴重的是我還扭傷了腳踝，並且腫了起來。此時的我，在一剎那間還眞不知道該怎麼辦才好。幸運的是這間五星級大飯店的服務生非常機警，他們立刻攙扶我回到所住的房間，然後幫忙聯絡我的朋友和通知醫生。

現在回想起來，自己當時還眞是狼狽！所以這一次我早已經作了萬全的準備，除了更換住的地點之外，還特別挑選一間交通便利、就在最繁華的烏節路上的飯店。這樣一來，無論是出門購物、逛街或是找朋友，都會比上一次方便多多。

躺在飯店舒適的大床上，想起我有一位好友，每一年生日時一定讓自己連放三天假。以前愚昧的我簡直把她當成怪物。生日嘛！找幾個好友吃吃飯，喝點小酒助助興，或是唱唱卡拉OK，再切切蛋糕，然後在衆多親友的祝福聲中落幕，繼續等待下一個生日的到來。

但這位朋友卻非常奇特，平常視錢如命、從不胡亂浪費一分錢的她，居然會選擇在自己最喜歡的大飯店訂房，而且一定要訂中上等級的房間。然後，她會在生日的前一天先住進去，享受一下離開人群、一人獨居的寧靜滋味。她會隨身帶著自己最愛的咖啡粉，還有那香味濃郁的玫瑰伯爵茶。

一到飯店，她馬上放下簡單的行李，脫下平時上班的制服，馬上飛奔到浴室去沖個澡，讓自己所有一切外在的晦氣與煩躁，都隨著肥皀泡沫和蓮蓬頭的沖激力，把它一次清洗乾淨！此時此刻，時間就是完全地屬於她一個人的。接著她爲自己泡壺自備的上等咖啡，看本好書，看累了，就昏天暗地睡個好覺；餓了，就叫 Room Service 將自己最愛吃的飯菜、點心全送上來。那種完全毫無壓力、一切掌握在自己手中的感覺眞好。人生，偶爾就該放縱一下。

第二天，她會照著我們大夥約好的地點見面、慶生。但，你會發現她幾乎是完全變了一個樣；才相隔一天，差異卻如此大。如果你問她，只是過一個自己的生日，爲什麼要那麼大費周章呢？她會神祕地向你擠一擠眼睛，然後帶點驕傲和滿足感的口吻回答你說：「這就叫做減壓法！」那，又爲什麼不去做個國內、或者是國外的短期旅遊呢？她說：「那是沒自由、沒品質的休閒！回來以後反而更累。又要趕車、又要趕時間、又要與陌生人同房，還要吃自己不愛吃的東西。總結而論，那不叫休息，那叫受苦與折磨！將自己的一切自由與時間，還有金錢全部放在別人的手裡，讓別人分配你的一切、支配你的所有，這跟平常上班又有什麼不同？那還休什麼假呢？」說的也是，人在那種爲了討生活的壓力之下，如何才能找到可以自我釋放、自我掌控的時刻呢？

從她的身上，我終於體會出一些道理，所以當我第一天到達新加坡的時候，爲了要讓我自己放鬆，所以決定不與任何當地的朋友聯繫，以免增添大家的麻煩。首先，我也學她沖了個快樂澡，讓身上香噴噴的，渾身通透暢快，好不舒服呀！此時，再喝一杯冰冰涼涼的飲料，眞是人生樂事。說實在的，當時的我完全沉醉在自己所營造的浪漫氣氛中，而且非常肯定地告訴自己，其實快樂是可以去虛擬、去創造的，根本無需太過刻意、牽強地安排。我們不需要常常地休息，用掉一大堆無謂的花費；只要我們能眞正地找到正確的方向，就可以讓自己很輕易地舒減壓力。

正當一切都那麼自然、那麼舒暢時，我突然想起曾經答應一位好友，假如我能來到這裡，一定會去探望她的家人。這種承諾是絕對不能輕忽的！於是，我收拾起鬆弛得差不多的心情，順手撥了通電話與她的家人聯絡。沒想到這通電話還眞難撥通，撥了將近二十幾分鐘，仍然毫無進展，只好暫時放棄，今天就到此爲止，明天再聯絡吧！

清晨，被閃過窗簾的一道陽光直射在眼瞼上，我可以感覺到這突如其來的一片火紅。霎時，立刻抬頭望了一下放在床頭櫃上的電子鐘，我的媽呀！快要睡到正午了。於是，我以最快的速度跳下床，趕緊想要拿起電話來撥，誰知道House Keeping 的阿姨手腳比我還快。「Hello, Miss! I'm so sorry to bother you, but I have to finish my work before 2:00 pm. So, could you tell me when will you need me to clean up?」天啊！兩點就下班，還清潔什麼呢？乾脆別打掃了。於是我婉謝了她的好意，請她明天再做吧！不過，她還是非常堅持，只要在她下班前能替我做，就不必再等到明天。不知這這是新加坡人的特性？還是她自己的個性使然？

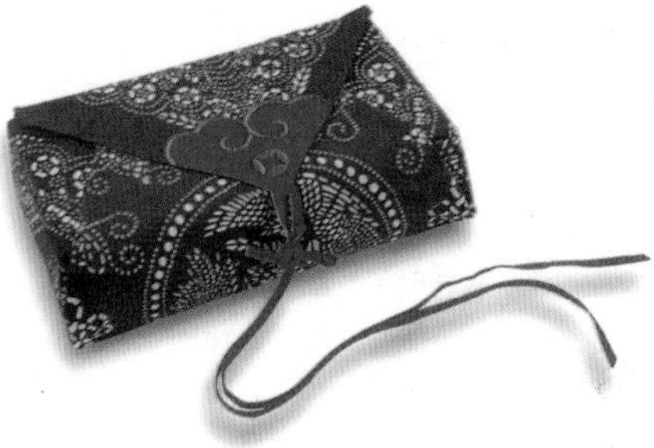

掛上了這通電話，我立刻撥了電話給我朋友的家人。運氣還不錯，電話立刻接通了。接電話的人正是我好友的先生。在平常時，我想電話多半是太太接的。從他們倆談戀愛到結婚，我們這群死黨都留在這位好友的身邊，充當她的軍師與扮演著紅娘的角色。因此話題可以馬上切入重點，先約好互相見面的時間、地點；我告訴他不必刻意爲我準備什麼，就約在他們的家比較簡單，晚餐也可以在家裡解決，當然會聊得比較愉快、比較沒有壓力與時間限制。一切都就緒，心情自然輕鬆多了！

好不容易梳洗完畢，立刻下樓衝出飯店大廳、跳上計程車，往約好的地點飛奔而去。新加坡的「政府組屋」長得都差不多，如果不是好心的司機一路上替我注意路標，恐怕我早已經迷失在這鳥語花香的水泥森林中了！

終於找到目的地，是還個不錯的社區。朋友的家在六樓，於是我走進電梯，想找個六的號碼，卻遍尋不著。怎麼只有一、三、五、七……屬於單數的號碼？聰明的我馬上聯想到在香港、台灣、日本等地都有兩部電梯，一部專屬單數樓層、一部則是專屬雙數樓層。所以毫不遲疑馬上走出電梯，想要再搭另一部時，我才發現這棟大樓根本就只有一部電梯，因爲新加坡政府規定，如果你是住在雙數樓層，那麼就請自己決定是上一層樓或是下一層樓吧！或許這個點子不錯，讓大家活動活動筋骨，這也難怪在新加坡很少胖哥、胖妹。

按下門鈴，朋友的先生來應門。說得誇張一點，我們也有好多年都沒見過面。就算是在台北，光是上班、下班大家早已忙得不可開交，哪還能抽得出時間來聚一聚？所以趁著這次之便，也算是可以一償宿願，與好友閒話家常，也是人生一大樂事。

但眼前的這位朋友，實在不敢讓我相認。風霜寫在他的臉上，寂寞與委屈從他的目光中透露無遺；我絕對不會承認他就是那個十多年前，意氣風發、彈著吉他、唱著情歌，跟我們又唱又和、浪漫又多情的好朋友！是什麼讓他如此消沉、如此地失落？難道是不該來到這個美麗的國家？還是在這美麗的背後，無法找到屬於他自己的空間？或是在這美麗中他早已迷失了自己的方向？

從他可以閒聊的話題中，我終於看穿了他無盡的空虛與萬般的苦惱。每天漫長的等待，像極了在苦窯中承受著難以言喻的煎熬，更像是在黑獄中等待著黎明時刻的到來。若非活在他的情境中，我相信你絕對不能體會出他的感受。

人過中年，爲了要讓孩子擁有一個好的讀書環境，必須在事業與家庭中做出抉擇，而他選擇獨自留在異鄉照顧稚齡的孩子。選擇在一個華人比較多、又以華語和英語爲主的國家定居，想來麻煩應該比較少，卻沒想到還是遇到語言的障礙，以及心靈的孤寂。雖然幾乎絕大部分都是黃皮膚、黑頭髮的華人，但彼此間從思想到文化，對歷史的軌跡認同感，實在有著太大的差異，這種差異，就像是一道可以看透卻無法穿越的玻璃帷幕，永遠有著一種似深似淺的隔閡。

與摯愛的妻子暫時分居兩地，主要是要分散風險。只是，通常都是太太先在外地照顧孩子，丈夫留在原地繼續經營自己的事業，然而他們卻恰恰相反。要一個大男人咬著牙，爲了孩子放棄一切，來到一處陌生的地方，當起一位「家庭主夫」，可眞不容易呀！我由衷打心眼裡佩服他，因爲要做出如此這般的決定，不光是勇氣就夠了。在這決定的背後，還要有一股偉大的父愛。

我們從客廳聊到廚房，看他邊作晚餐、邊與我聊天的架式，不得不讓我折服。他是如何做到的呢？他淺淺地回答：「愛，一切都是爲了愛！愛曾讓我迷戀、瘋狂；也曾讓我失意、落寞。」就因爲他早已知道這樣的離別和身負的責任會叫人無力承受，所以他寧願獨自背負一切，而不願讓心中的最愛去嘗試一絲絲的孤單。

他告訴我，在一片死寂的夜空中，他時常反覆地問自己，來到這裡將會是自己最後的人生嗎？他始終不信，自己眞的不能再創造另一個明天？但事實與夢想是有絕對的差異性，於是每想一回就傷一回。

看到他的堅決，也看到了他的懷疑，我相信其實他比誰都明白，在他心中的矛盾。是

對？是錯？走到這裡，也只好交給上天了。對又如何？錯又如何？早在來到此地時，已經決定了他的人生是爲了另一個生命的延續！

突然他讓我想起了一個有關於花的故事。在母親節的時候，有一位顧客來到花店詢問康乃馨的價錢。老闆說：「從五十到九十元都有，想要多少朵呢？」顧客毫不猶豫地回答：「只需要一朵五十元的就可以了！送花，只是讓母親知道孩子對她的一份愛而已。」老闆想想，這位顧客說得很對，送花是一種心意的表達，無需勉強，也不必太過刻意。

過了一陣子，這位顧客又來到花店，可能是對老闆已經有了信心的關係，他沒有詢問花價，只給了老闆一個地址，請花店按照時間直接送去。當老闆正要詢問需要什麼樣的花時，他只丟下了兩千塊錢和一封寫著「祝

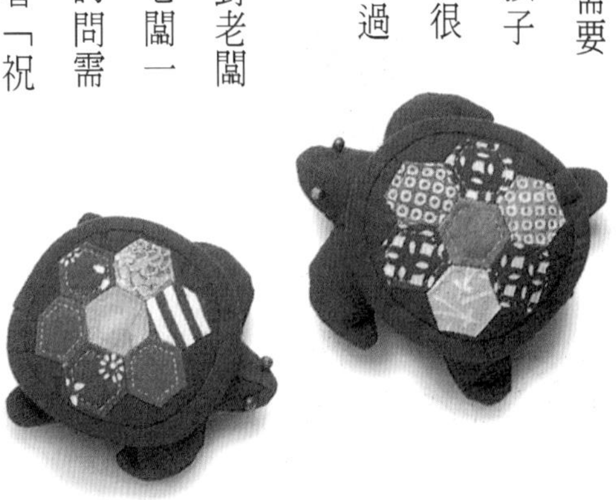

福吾愛，生日快樂！」字樣的信，然後就揚長而去，消失在花店門口，留給花店老闆揮不去的無限感慨。養兒防老？這種觀念恐怕早已隨風而逝，飄然不知所終，從花價就可以比較出母親與女友在他心中所佔的空間與衡量的價值。

在聽完這個故事後，我幾乎已經可以看到他的眼眶中泛著淚光，如果不是強忍，我相信他的淚水一定會滾滾而下！此時，平日侃侃而談的我，也只能用沉默相應。氣氛有點傷感，於是我故意轉開話題。我眞心的祝福他們，「既來之，則安之！」別無選擇，只能前進、不能後退。

趁著話題的岔開，我刻意起身告辭，因爲我已經與朋友約好還要去逛印度街，所以不能太晚回到住宿的飯店等她們。他與孩子們一起向我告別，臨行前還特別叮嚀，下次到這時，別再浪費錢住旅館。我點點頭，默默地走進了電梯。當電梯門漸漸闔上時，我那「很聽話」的淚水才肯滴垂下來。

當晚，我徹夜難眠，反覆地想著生命的意義和生命的價值。如果父母一生只爲孩子而活，生命才能顯現出它的價值，那麼，當孩子離你而去，不懂反哺之心時，豈不讓父母傷心欲絕？想想現在的年輕人，有多少願意和老人家一起住，照顧那位曾經用他自己的黃金歲月、竭盡一生的愛去照顧過你的人呢？思索再思索，想到頭痛欲裂，才發現自己不是不知「老之將至」，而是不能、也不願面對「老」的事實。

隔天接近中午時分，我特地打了通電話給我好友的先生，很想告訴他別介意我昨天說的故事，因爲有牽掛總比沒有好。沒想到這話一出口，換來是一場短暫的沉默。接著，只聽到他不斷哭泣、抽搐；一時讓我驚嚇的倉皇失措，不知道該如何安撫他的情緒才好？失控的心情，如野馬狂奔、飛瀑傾瀉……。守在電話另一端的我，盡力控制自己的淚水，一字一字地告訴他，想哭就哭吧！把積壓多時的無奈與哀傷，一次將它全部宣洩殆盡。用眼淚來清清眼睛，洗洗心情。

最讓我痛苦萬分的，莫過於他一邊哭泣還一邊謝謝我，謝我什麼呢？他謝謝我能抽空去看他，因爲獨自帶著孩子移居在一個陌生的環境，一切都要重來。自從來到這裡之後，每天忙著料理孩子們入學與全家人住房的事，哪來的時間去交新朋友？所以，我是他們移居後唯一特地去看他的朋友。當時，我愣了一下，急忙安慰他說：「是嗎？別傻了，很多的朋友都想來看你，只是時間上不好安排而已。」果眞是男兒有淚不輕彈，只是未到傷心處吧。他可知道，這個突如其來的動作，確切地讓我更能體會到他內心深處對未來不可知的恐懼，以及對自我存在價值的懷疑。

當掛上電話時，我猜想他的心情一定輕鬆了不少。但此時的我卻是圍繞在一團藍色的憂鬱中，回頭找面紙想擦眼淚時，才發現，小茶几上的花瓶中多了幾朵粉粉的胡姬花，頓時心情又有了很大的起伏。莫非是那位清掃阿姨特別爲我留的嗎？記得我還特地請這位阿姨今天不用整房的，所以我特別留了字條與小費給她，爲我耽誤了她下班時間而抱歉。沒想到細心、負責的她，除了仍然爲我特別清掃、整房外，還專程爲我準備了讓我心情從藍色的憂鬱，霎時轉變爲粉色浪漫的胡姬花。

我把這些美美的花朵帶進了浴室，打開了水龍頭，將新鮮的水灑在每一朵胡姬花的花瓣上。突然覺得有種想哭的感覺，這一朵朵帶著水珠的胡姬花，簡直就像是我那位曾經抱著無盡理想和希望的朋友，如今卻被寂寞與孤單折磨得像一朵含淚的胡姬花、一朵受傷的胡姬花。受傷的胡姬花、含淚的胡姬花呀！何時才能撫平你的傷口？才能讓你不再流淚？是否唯有找到愛花、懂花的人，才能識你、疼你；縫合、治癒你的傷口，讓你能重新驕傲、燦爛地再度綻放出原有的嬌媚。

我的悲傷是你不懂的語言

我最喜歡桔梗花。白色、紫色、淺粉紅，不用花上多少心思，只要胡亂插在一個簡單透明的玻璃花瓶裡，它自然垂擺的姿態，就是那麼地不做作。清嫩的枝葉堅挺地穿梭在朵朵粉彩之間，終於讓我佩服韓國人爲什麼會選用桔梗花作爲他們的國花，它眞是像極了韓國人的民族性，粉嫩的朵朵桔梗簡直是韓國女性的化身，而那堅挺枝葉則彷彿是韓國的男性。

記得曾聽過發生在韓國的一段眞實故事。有一家人只有生了一個男孩，其餘的全是女孩。在當時的韓國社會中，如果家中全生女孩的話，將來龐大的嫁妝費，絕對是父母最大的苦惱。至於弟弟的生活費、上學讀書等等的費用，都不是這個貧苦家庭可以負擔得起的。於是這群可愛的小女孩相互約定，爲了不想讓父母爲她們將來的事困擾，就在大姊的帶領下，一起服毒自殺了。

就這樣，朵朵嬌柔粉嫩、還來不及綻放的小桔梗，在自認爲理所當然的心境下與這個世界輕聲地說再見。然而，當她們在向父母、向世界作永遠地告別時，有誰能懂得她們內心「悲傷的語言」呢？

在台灣也有一個大老闆，他擁有美麗的妻女，年少得志，意氣風發，在別人的眼裡，眞是集所有幸福於一生。金子、房子、車子、妻子、兒子，朋友間愛開玩笑的「五子登科」這位朋友都有了，多麼美滿幸福、讓人稱羨的家庭。這位富商夜夜笙歌、宴請權貴，他時常挽著身穿「香奈兒」名牌禮服、佩帶著名家設計的昂貴珠寶、曾是校花的嬌美夫人，出席每一次的豪門宴會。身材姣好、面容清秀的嬌嬌女，與母親有著同樣的氣質、用滿身的名牌來點綴著自己的身分與家庭背景。

誰又想到會有那麼一天，這位新貴會選擇在自家的豪宅，用自己的槍，親手槍殺了美麗的女兒與最摯愛的妻子；這位偉大的母親當時爲了保護年幼的兒子，還不顧一切奪門衝出，向能伸出援手的鄰居求救，用自己的肉身擋住每一顆致命的子彈。

如果不是摯愛，怎捨得讓他們留在人間受盡人們無情地冷漠與嘲笑？只好選擇用最悲烈與近乎慘痛的方式，來做一個最決裂的結束！因爲他已經無法爲自己和他所摯愛的家人找到一個亮麗的明天。就算是個失敗者吧！就算是個懦弱者吧！對一個已經不想再有明天的人而言，這必定是他自認爲最好的結果。因爲他的選擇、他的悲傷是我們永遠不懂的語言。

鮮血霎時爲這間風雲一時的豪宅又再鋪陳一層洗不掉的神祕色彩，只留下一個無辜的孩子，和那在他長大以後永遠無法找到的答案！父親的悲傷也將是他永遠不懂的語言。

如此多的哀傷與悲痛，又豈是能在三言兩語中全部道出？有時哀痛是一種說不出的感覺、一種心情、一種只能獨自承受的無言。旁人也許只能約略了解，但卻永遠無法深入體會與感受到自己的悲傷，即使是夫妻、好友、親人，也只能在膚淺的表皮給以輕撫；那無關痛癢的輕撫、或是語詞上所給予暫時性的慰藉，都不能拂去暗藏在內心那層絕對的悲傷。

無怪於你，因爲我的悲傷是你永遠不懂的語言！

愛，好沉重！

翻開報紙，時常會看到許許多多走不出「情」字這條路的人。有的是爲奪情而殺人、有的是爲失愛而自殺……。不懂愛的人會說，他們眞傻；體會過的人會說，爲什麼不多想一想？何必爲那負心的人賠上自己的性命？傷心的父母親會說，我的孩子，你爲什麼要這麼糊塗，難道你沒聽過「天涯何處無芳草」，又何需單戀一枝花（一根草）呢？

儘管每個人都有屬有於自己的看法，儘管每個人都有屬於自己的解決方式，但是，假如事情是發生在自己的身上時，誰又能完全跳脫出種種複雜、悲傷、失落的情緒？能立即撫平自己的傷口？除非不愛、除非麻木，否則，愛愈深、傷愈深、痛愈深。

中學生愛上了有婦之夫，明知是一段得不到祝福的愛情，但仍然要學飛蛾撲火般地拋棄一切，甚或是交換自己最珍貴的生命，離開自己最疼愛的父母！小女生眞的殉情了，這位有婦之夫在小情人走的第二天也自殺了。逝去的人也許眞會在另一個世界相聚，失去親人的家庭卻再也無法挽回一切，留下來的是兩個家中年邁的雙親、稚齡的孩子和陷入錯愕中久久不能平復的妻子。他們將要面對所有後續的爭執、警方的問訊。然而，在這事件中的生存者，除了心力交瘁外，還必須要替已逝者收拾一切、承擔一切。最後，每個人都要替自己慢慢地縫合那一層又一層、被撕裂又撕裂的傷口。如果所有的承受只爲了一個「愛」字，那麼，「愛」它眞是叫人覺得沉重萬分。

在這世上仍然是有如此多的父母，爲兒爲女盡其一生之所有，作無窮盡地付出。眞不明白他們是否知道，在孩子們的心裡，父母的分量又佔多少的比重？當他們在戀愛中，父母的叮嚀不如情人的祝福；在他們失戀時，父母的關懷不如情人的蜜語。毫不諱言，現代的父母充其量只能算是兒女們的裁縫師，專門負責替自己的孩子縫補那一顆被撕裂、被粉碎的心。

有的心是被縫合了、有的心卻又再度被撕碎；縫縫又補補，要到何時才是終點？無怪乎有人說：「父母對子女的愛是永不停息，直到天國！」這句話恐怕只有做過父母的人才能眞正體會。兒女們又何曾想過，當父母親看到自己孩子心靈受傷的同時，其實他們也受著相同的煎熬，也有著一顆被撕裂的心。但誰能替他們縫補、治癒那顆傷痕累累的「玻璃心」？

在感情的世界裡，糾葛不清、纏繞難解的情債，堆疊如城堡般牢不可破；當無法脫逃、難以衝破重圍時，只有用最本能的方法，將對手殲滅、讓對手消失。如此，才能確保自己的地位，不讓對手奪走自己的最愛。哪怕曾是兩肋插刀的好友，或是生死相伴的手帕交，爲了同一個愛，不但反目成仇，更是用最狠毒、最不可思議的方式去結束對方。眞讓人不敢相信，那曾經都是學校中的菁英、未來社會中的棟樑，卻是利用他們的智慧、利用他們的學識專長，犯下不可饒恕的罪行。

在電視畫面中，這位花樣年華的高級知識分子帶著手銬出庭，稚氣的臉龐能懂多少人間的愛恨情愁？卻要爲曾經所謂的「愛」付出一生的黃金歲月來償還。情敵是徹底被消滅了，但所愛的人卻未必會爲她的犧牲而願意守候一輩子。這是什麼樣的愛情呀？當初都是父母的最愛，考上一流的大學，繼續上研究所修碩士、博士；在父母心中彷彿已經看到一條光明平坦的大道，帶領著自己的孩子走向成功。怎會想到自己鍾愛的孩子只因爲和別人愛上同一個人，從此人生驟然間有了突變。一位長眠地下、一位站在法官的面前，接受法律的制裁、良心的責罰？

早知道愛，它如此的沉重，是否會選擇重來？早知道愛，要如此的付出，是否會放棄一切？失去孩子的父母，要如何面對悲痛的傷口？犯錯孩子的父母，又

該如何收拾、縫補對方被撕碎的心？如何原諒孩子的錯，面對自己破碎的夢？愛，說來簡單，做時太難。人世間無論是情、是愛，爲何叫人如此難堪？

在大陸的新聞中，一位年僅二十多歲的女孩卻也要爲逝去的愛付出自己寶貴的生命。爲了男友，她曾經賣淫、曾經販毒，最後因爲侵佔公款被提起公訴，判處死刑。爲了這份沉重的愛，爲了供養男友揮霍的生活而必須要犧牲。這樣極盡愚蠢的愛，看後眞是讓人不禁替她悲哀！

這位女孩在行刑前終於不再保持沉默。她說出了自己的盲目、自己的瘋狂，只爲了無怨無悔地想做一個「等愛的人」！因爲她始終相信，愛會感動一切。但失望隨著在獄中漫長地等待而加深。出事後，男友避不見面，將一切的責任都推給她一人獨自承受；遠在他鄉的父親，受不了女兒受刑的屈辱與刺激而撒手人寰，母親也無法承受鄰居們的閒言閒語，黯然搬離家鄉。一家人，就因爲女兒沉溺在這個愛字之下，完完全全、徹徹底底的被瓦解了。

人生如果還有選擇，是否可以不要如此悲傷？這是新聞中的另一個故事：一位在二次大戰中從韓國被迫來台灣充當慰安婦的女子，又再度來到台灣。很多人都非常好奇，這個曾經讓她傷痛欲絕、身心嚴重受創的地方，爲什麼還想再度回來呢？因爲台灣有她的夢、有她的愛，一份刻骨銘心的最愛。是這份回憶將她帶回台灣，而這份愛，也將永生永世刻留在她心靈的深處。

台灣，讓她痛過，也讓她甜蜜過。雖然，同爲異鄉人，卻也由於戰爭的關係，讓他們異地相逢、相識、相愛！一個是因爲國家的命令，不得不離開家鄉、宣誓要爲國效忠的敢死隊隊員；一個則是被抓來異鄉充當慰安婦，即使眞有機會活著回家，也只是拖著被挫傷的心靈，游離在殘存的生命中。當年的相遇，讓她在飽受凌虐的日子中，編織著一個璀璨絢爛的夢，重新燃燒起了生命的火花。

戰爭是結束了，命運的惡夢才正要開始。回到曾是屬於自己的家園，卻一點也沒有熟悉的感覺。守著終生的承諾，是唯一能夠支撐自己活著的理由，但曾經刻劃過的烙痕，像火紅般的烙鐵不斷地燒印在心頭。於是，她告訴自己在有生之年，必定重遊台灣。事隔多年，她果然依約來到台灣，多少的記憶都隨著時間的更迭而變得模糊，多少的滄桑也隨著歲月的飛逝而逐漸湮滅。費了許多心血，終於找回昔日初戀的山頭，她堅決要在這曾經訂下終身的地方，與那只有一面之緣的愛人舉行冥婚！

我們從文章中所讀到那些故事中，有所謂自私的愛、無私的愛、瘋狂的愛、盲目的愛、唯美的愛……等。雖然有如此多不同類別的愛，如此多叫人傷感的情；說實在的，無論是何種的愛，都是需要時間與智慧，再加一點感性、一點理性才能做出最好的分辨和選擇。我們絕不希望中了毒的愛四處流竄、肆虐人間。

愛，似乎是很沉重；愛，似乎也很甜蜜。它讓多少人心醉、多少人心碎；也讓多少人頹廢、多少人振奮。因為有愛，世界變得溫馨、變得溫暖。否則，我們不會在地震中，看到如此多的子女是在父母身體的保護下得以倖存！雖然他們即將成為孤兒，但父母親用肉身、用性命為孩子們再創的生機，卻是兒女們永遠都無法償還的。這樣的愛，是沉重、是偉大，但也是人類生命得以延續的主要因素。

從不否定人間因為有愛而變得美麗，也不否認世界因為有愛而變得安詳！愛，若不沉重，怎會顯出它的魅力、它的偉大？愛，它真的好沉重！因為愛一個人好難，不愛更難。

女人何必一定要爲難女人

常聽人說：「三個女人成市場。」見識過的人莫不異口同意，絕不否認。實則是，女人與小人果眞難纏？還是，男性沙文主義的圈項中的藉口？

女人與女人之爭其來有自。從古至今，無論西方和東方，上自宮廷的正宮與嬪妃、下至平民百姓的妻與妾、婆與媳，爭美貌、爭寵愛、爭權位、爭孩子、爭財產……，非得來個超級比一比。比生小孩，是你會生還是我會生？是你會生男的還是我會生？是我漂亮還是你漂亮？老公是最疼愛我還是你？君王最寵愛的是你還是我？當然一定要爭個你死我活、爭個水落石出、爭個百世春秋，也非得要爭出個答案來。

不知是誰說的：「沒有競爭，就沒有目標。」這可好了！正巧給了這群愛爭妍鬥麗的閒閒女子一個冠冕堂皇的好理由。不爭，怎會引起君王的注意？不爭，怎能分一杯羹？再不爭，不就成了那塊「薄得沒感覺」、「薄得不存在」的衛生棉？

褒姒、妲己、西施、武則天、楊貴妃，乃至珍妃與慈禧；多少歷史的見證，從未看過這些美人是走來平順，不需施計布局、用盡心機去爭得恩寵。爲了鞏固既得的利益、和蒙受寵愛的快感，怎能不去「爲難」那個會威脅到自己的女人？怎能讓她輕易地逍遙於視線範圍之外？

我們常聽的童話故事「白雪公主」裡，不也有一位愛美又狠心的後母？每天都會問一問魔鏡，誰是天下最美麗的可人兒？直到「白雪公主」長大之後，魔鏡竟然給後母一個令人震驚的回答：「天下最美麗的人是白雪。」就是因爲聽到這樣的回答，後母瘋狂了！她心想：「這……怎麼可能？我才是全世界最美的人，在這個世界上只有我才能匹配。白雪，她算什麼？她怎麼能跟我比？」無奈，當她說完了這番話時，魔鏡並沒有同意。它仍然回答說：「現在的

白雪才是世上最美的人！」

就因爲這樣的回應，讓後母下定了決心，必須要將這位比她美的敵人終結，讓她從地球上消失。只要白雪不復存在，世上最美的人一定會是後母了！說來好笑，壓根兒白雪從未想要當上最美的人，更不要和這位母后比一比；然而，不知情的她，卻莫名其妙地成了後母的「標靶」。只爲了爭美貌，狠心的後母居然要殺了白雪；而無辜的白雪，卻要爲自己的美貌賠上性命。這合理嗎？公道嗎？

我有一位律師朋友，在一次聚會中，她特別談到了自己所遇到的一個個案。說穿了，是個極其平凡的外遇故事，但箇中的緣由，卻讓人不得不好好地思考思考。外遇，在現實的社會中，早已是司空見慣的老話題，本來，只是兩個女人互相爭寵、爭男人，但是誰能理解爲何爭到最後，竟然會是一屍兩命的重大刑案。而由於這件案情的發生，的的確確是可以讓許許多多的女性朋友相互引以爲鑑。

這位太太因爲丈夫在中國大陸有了小老婆而傷心欲絕。其實一個會養小老婆的男人，到哪兒都會養，除非他不想也不願。這位太太爲了保全自己的婚姻，雖然百般不情願，最後還是選擇了妥協，只要丈夫能懸崖勒馬，放棄那椿不倫之戀，她願意忘掉過去所有的不快，還是張開雙臂熱烈地歡迎他回家。誰會想到丈夫在這頭安慰她，在那頭卻安排小老婆赴美待產？

當大太太獲悉這個消息趕到美國時，迎面而來的問題是，自己的家已經被一個不認識的女人所佔有，而對方還請問你是誰？在這種情境之下，不知身爲女人的你會作何感想？緊接著，當你看到對方不但手上牽了一個會走路的小孩，肚子裡又懷了一個快要臨盆的嬰兒，這時候的你還不抓狂才怪？當時的你一定會有一種受重傷的無力感。丈夫無恥的欺騙，將自己的委曲求全當作「豬頭」來耍；現在，面對眼前這個女人鄙視的眼光，怎能不叫人難堪？怎能不叫人崩潰？怎能不叫人想跟她同歸於盡？

可憐的女人呀！此情此景，將你心換我心，就不難理解「痛」之所在了。忌妒與憤怒，掩埋了所有的理性、所有的良知；胸中充滿著的只有「仇恨」。這把仇恨之火蔓延在兩個女人之間，燒紅了兩人的眼、兩人的心；於是她們扭打成一團，無法停熄的怒火不斷延燒，直到對方鬆手爲止！只可惜在鬆手之後，大禍已經釀成，一切都難以彌補。眼看情敵是消滅了，但，愚笨的女人呀！你們可知自己要爲「情」斷送一輩子？一個丟了性命、一個進了牢房；而那位自命風流的男人呀！你們卻讓他逍遙自在、若無其事地，又投入另一個溫柔鄉！

在香港，一位富商與一位知名藝人的太太發生不倫之戀，引起大衆的譁然，且不談眞實性有多少？光看到對方的太太已經罹患絕症，彼此又都是舊識，此情此景，怎能不叫人心碎？難怪這位夫人在生前仍做困獸之鬥。只要還有一口氣在，絕不能讓它變成事實。可悲的是，這位夫人不單要照顧著自己疲憊不堪的身子，在衆人面前仍要強裝歡笑，去面對「搶愛」、「失愛」的窘境；非得等到一切都看不見、聽不見，直到自己已經離開人間，才算是個完全的結束。

我不否認愛的崇高、愛的偉大！但，女人哦！女人！難道你們都忘了「相煎何太急」這句話嗎？如果，你們都沒有忘記，那女人就應該會更愛女人，應該會比男人還更懂得如何去疼惜女人。

除了爭美貌、爭寵愛，女人還會爭權位。且看婆媳之爭，爭個頭破血流、爭個母子不和、媳婦上吊；從盤古爭到文明、從大家庭變成了小家庭，還是不能罷休，不能停歇。要不是曾經有那麼多的個案發生過，依稀都好像曾出現過在你我身邊，電視劇就不會引起如此多的共鳴。女人與女人之爭，不分老少、不論美醜，永遠「爭爭不息」。爭到紅了眼時，連命也可以不要了。

記得古早時候有一位愛「吃醋」的夫人，就連皇上御賜給自己相公的小妾也不准娶進門；何其大膽呀！竟敢挑戰皇上及當時的傳統體制，眞是不想活了。「沒錯，小女子是不想活了！與其受盡人間的屈辱，不能伸張正義，豈不就是行屍走肉？做個不折不扣的『活死人』？就算是得罪了皇上，反正自己也不想活，賜死又何懼之有？」因此，這位豪氣女子不需思索、無需等待，立刻拿起斟滿「鴆酒」的杯子，來個「跟往事乾杯」，求個死得乾脆、死得痛快、死得其所！

瞧！多麼地悲壯呀！

這麼一來，連皇上都傻眼了！因爲皇上只爲試試夫人的決心，酒杯中倒的是濃濃的醋而不是毒酒，所以夫人當然是死不了囉。這一幕，皇上看在眼裡，只好對這位愛臣說一聲抱歉，卿家自重了。這，當然就成爲了日後「吃醋」的眞正由來。

原本這只是一場元配與小妾之爭，卻萬萬沒想到會演變成男人與女人之爭，眞是夠「ㄅㄧㄤˋ」了！

身爲現代女性，面對外遇，爲何沒有這樣的豪氣向肇事的男性爭回個公道，而一定要和入侵的狐狸精拚個你死我活？抓了狐狸精，卻放了肇事者，相信還會有千千萬萬隻狐狸精，你如何招架得住？如何能滅絕所有的狐狸精？

別傻了，女人，你的名字不是弱者！首先，別把對象弄錯了。同爲女人，今天雖擁有美貌、有傲人的條件成爲狐狸精，有朝一日，也會成爲「昨日黃花」。既有凋零的落花，必定會有新的取代者。這種悲愴的場面肯定有機會輪到，到那時又要以何種心情去面對？

女人，如果你想通了，請從二十一世紀開始更愛惜自己，也更愛惜同爲女人的女人。女人應該更加地團結，不爲傷害女人的弱者，寧爲保護女人的強者！從此，女人不再爲難女人，要替苦難了二十個世紀的女人們重新樹立典範，讓女人從此走出悲情！

二十一世紀的女人們，你可要牢牢記住「寧爲潑婦，不爲怨婦」的道理。所謂的「潑」是活潑的潑，我們要活絡起來，不再自怨自艾，我們不再等待男人來支配自己的命運，也不再爲男人流淚心碎、在等待中過日子，甚或是犧牲掉自己的美好前程。

我們要做「一口」的女人。「一口」的女人不會與別人爭長論短，因爲只有一張口，吵不動、也吵不起來！我們更要做「三口」的女人。「三口」爲「品」，做個有「品」的女人。不但穿著打扮有「品」味，做人做事也有「品」，面對愛情更有「品」。

誓死不做「二口」的女人。爭爭吵吵，蜚短流長；爲爭美貌、爭男人、爭寵愛吵鬧個不休，令人生厭，成了男人嘴裡十足的「惡女」。

要知道「女人要愛，男人使壞」，切莫做個等愛的女人。與其等待一個壞男人來愛你，倒不如多愛自己一點，多珍惜自己一點。與其要與另一個女人分享同一個男人，倒不如瀟灑一些，讓渡給她自個兒去慢慢享用吧！二十一世紀的女人們，一定要做聰明的女人，你可要把自己這份完整的愛交在一個好男人、一個懂得疼惜你的男人手上，幸福才會與你同在。

親愛的女人，容我再提醒你「寧爲潑婦，不爲怨婦」這句名言。作爲二十一世紀的女人，不再與女人爲敵，也絕不再去爲難另一個女人。

美麗不代表愛情

「女爲悅己者容」，這似乎已經是一句俗得不能再俗的舊詞。在現今的時代裡，美麗早已不是女性的專利，帥哥酷妹比比皆是，大家來拚拚看是誰比較「ㄅㄧㄤˋ」！

這是一個屬於個性的時代，「美麗」，早已被重新定義！眞的，美的東西總叫人看了舒服，有一股情不自禁想要親近、想要擁有的衝動。女人愛鑽石、愛漂亮、愛購物、愛受寵；男人愛功名、愛美女、愛名車、愛一切能擁有、能控制的事物。郎才女貌，絕對是大多數人夢寐以求的理想。

聽過一個有關美人魚的故事。人魚公主爲了最心愛的王子，不惜用自己最美的聲音來交換一雙能行走的腿，而成爲啞巴；甚或是姊姊們用她們美麗的長髮，向巫婆換取一把鋒利的匕首，只要妹妹將匕首刺入王子的心房，一切就可以得救。無奈，人魚公主寧願變成大海中的泡沫，永遠回不去那曾經屬於她的家，同時也得不到那份自己渴望的愛情。

美麗的人魚公主啊！那傻傻的王子盡其一生都不知道你曾爲他所做過的一切，甚至你願意喪失了自己最珍貴的生命，化作大海中永遠的泡沫，也不願傷害心中最愛的王子。這麼淒美的愛情故事，總是賺得許許多多人們的眼淚與讚嘆。在這個故事中，似乎也告訴我們，「美麗」，並不代表一定能得到愛情。

「美麗」，眞的並不代表一定能得到愛情？高雅聰慧如黛安娜王妃，雖然曾擁有傲視群倫的世紀婚禮；依稀記得在電視螢光幕中曾出現過的畫面，那溫柔羞赧的王妃站在教堂門外，向所有祝願的大英帝國子民們輕輕地揮動著玉手，每一次當手在揮動時，只看見指縫間閃爍著藍光的結婚戒指；絢爛的藍光，帶著淡淡的憂鬱，是否替未來先佈下了哀傷？王妃甜美的笑容迷倒的不只是英國的臣民，還有全世界在電視機前觀看著這場世紀婚禮的觀衆。美麗的平民女子終於也可以嫁入英國皇室，灰姑娘的故事似乎是言猶在耳……

誰會想到？這項「不可能的任務」，竟然在王妃承認與人通姦、王子坦白依然深愛著婚前的情人而完全瓦解。再度是透過電視螢光幕，赤裸裸地將這段事實向世界作全面性轉播。畫面中王妃如珠串般的眼淚，像極了片片破碎的玻璃，刺向所有人的心房。

原來美麗的黛安娜擁有的只是愛情的軀殼，向世人演了一場「愛情秀」而已。她不斷地在愛情的邊緣摸索，卻又不斷地被愛情傷害；每一個曾向她示愛過的男人，都不過只是想在她身上奪取周邊利益。寫書的寫書、爆內幕的猛爆內幕……，王妃的心，一次又一次地被所愛的人不斷地切割。有誰能體會一位十九歲的少女對愛情的憧憬？王妃不但沒有感受到被愛和受寵的感覺，還要面對自己在丈夫的內心完全沒有立足地的事實。美麗高貴的黛安娜竟然會輸給了姿色比她差、年齡比她老，連皇室與人民都不能接受的一個已婚女子。

那位名叫做卡蜜拉的女人，沒有美貌、沒有錢財、沒有人民的愛戴……，幾乎找不到任何可以與黛安娜王妃一較長短的地方。但讓人不解的是，帥氣的英國王儲卻寧願與另一個男人分享同一份愛。身爲王儲，甘冒醜聞曝光的風險，也要與自己選擇的「最愛」長相廝守。怎不教人難堪？

伊利莎白女王錯愕了！大英帝國的子民困惑了！全世界的人民迷糊了！美麗的黛安娜王妃崩潰了！

哀傷的黛安娜曾經想過絕食、厭食、自殺……，鎖在深宮中的王妃眞的不知道應該如何去取悅自己的丈夫？如何去挽回人人稱羨的婚姻？美麗的黛安娜王妃徹底地崩潰，孤單的她渴望著丈夫的回頭。她開始急需將生產過後變形的身材恢復，她開始極力扮演好威爾斯王妃的角色。但一切的努力似乎毫無作用，最後她決定放棄、決定要同歸於盡，決定要向傳統的大英帝國皇室挑戰，要顚覆大英帝國一切的保守觀念。

黛安娜王妃終於走出了如象牙塔般的白金漢宮，勇敢地走向人群，擁抱所有愛戴她的子民，親近全世界需要她的人們。她忙碌地到處奔走，爲各個基金會作慈善募款；她要求小王子與一般人民受同等的待遇，到普通餐廳用膳，與大家一

起排隊。只因爲她希望未來的王儲能體會與適應普通老百姓的生活，將來才能明白如何在繼承王位後，不會濫用特權，而能體認民間疾苦、勤政愛民。

勇敢的黛安娜王妃果然爲自己與小王子設立了典範，她終於找回了失落已久的自信心，也替曾經迷失方向的自己找到了正確的方向。她的光芒超越了所有的王室成員，然而她的美麗與聰慧不但並未替她找回一份屬於自己的眞愛，反倒是替她招惹來更多的猜忌。

每天的新聞中必定有王妃的消息，相形之下查爾斯王子似乎逐漸地被遺忘了，這讓驕傲的皇室成員領略到絕對地挫敗感。於是失去愛的王妃成爲衆矢之的，成功地找回自我的她又再度的被孤立了。

爲什麼如此高貴美麗的王妃始終找不回她所要的愛呢？爲什麼王子娶了她，卻又不能愛她呢？相信黛安娜永遠都不明白，也永遠都不甘心！因爲她萬萬沒想到自己竟在突發的車禍中與這紛擾的世界道別，沒有遺留下任何的一句話，只有堆積如山的遺憾。

這也難怪她的好友要在黛妃的喪禮上高唱「風中之燭」。她旋風似的一生像極了在燃燒中的蠟燭，孤單地等待著燃盡的時刻。在風中燃燒著的蠟燭總是燒得特別快，要不就會在短瞬間被風給吹滅，這正象徵著王妃短暫的生命。「美麗」，並未讓她享有特權、擁有一絲絲的眞愛。

就在與黛妃離去差不多的時間裡，美國第一夫人也瀕臨婚姻危機，這次甚至連她丈夫的地位都不保了。

每一次的危機，似乎希拉蕊都可以及時地替丈夫擺平。但唯獨這一次，第一夫人沉默了！沉默，是當時唯一僅能做的事。聰慧與美貌兼備的希拉蕊深深明白，此時的她只有用最傳統女性所用的方式，用最沉潛的心情來接受所有的挫折、所有的屈辱。沒有半滴眼淚，沒有半句埋怨，不管輿論是如何無情地批評，她努力地拋開衆人嘲笑的目光。當大家都屏息等待著第一家庭分崩離析的消息時，希拉蕊讓所有人的希望都落空了。

「美麗」，顯然也未曾讓第一夫人享有一絲絲的特權、擁有眞愛。透過希拉蕊的智慧，她用極度的冷靜與沉默來面對銳利如劍的調查報告，用最支持的態度擁護自己丈夫面對全國民衆的懺悔。在全世界的新聞媒體前，希拉蕊的堅強、冷靜與睿智，實在是當今女性的典範。試問有哪一位女性在面對自己丈夫背叛的事實攤在眼前時，還能有如此堅定的表現？希拉蕊作爲美國的第一夫人，眞是當之無愧。

也許就是這種冷靜與聰慧，保住了第一家庭的和諧，也保住了柯林頓總統的職務。不管多少的風浪，永遠擊不倒這位了不起的女子。由於她的沉默與犧牲，讓一切的風浪都歸於平靜！也許，內在的她是痛徹心扉；也許，內斂的她

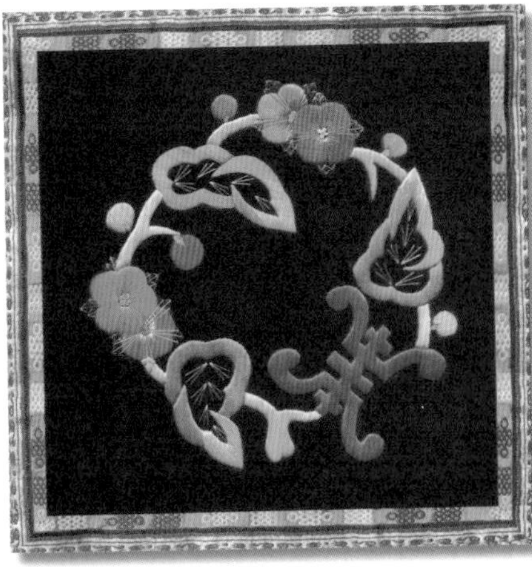

是沉著應變。至少，希拉蕊保全了她所應該擁有的一切。在她內心中，似乎有某種力量可以超越所有的困境，使她在逆境中即便是失去了愛情，卻贏得了世人的尊敬與愛戴。

這兩個眞實的歷史都曾在我們的眼前出現，彷佛也告訴我們一段段事實：「美麗」，不一定能擁有愛情；「美麗」，也並不代表著愛情的永恆不變。愛情與美麗之間，其實並不一定會有交集。

真愛無敵

每一個人都知道，也深信「愛」能征服一切。「愛」不但能讓人心情愉悅、精神振奮、信心滿滿地面對所有困阨；「愛」更可讓人很努力地活著、使生命中的一切因爲有「愛」而變得更富意義。

不久前，因爲一次非常偶然的機緣，讓我在電視節目中看到一則相當讓我感動，甚至令我願意花上一整個夜晚來思考的新聞。也許你的心中早已存有疑問：「現在，還有什麼值得讓人犧牲寶貴的睡眠時間來思考的節目？眞是有點不可思議！要不，就是時間太多，多的讓人只好矯情造作，不知愁，卻強說愁。明明就是『櫻櫻美代子』，還要故作忙碌趕場的『老學究』！」

事實上，這除了是一則讓人感動、印象深刻的新聞外，更重要的是，莫過於受訪者的綿綿眞情，深深打動我的心。

那是一位愛妻的老先生，在妻子過世之後，並沒有像一般中老年喪偶的人，覺得人生頓失方向，有著濃濃的失落感；當然，喪偶的人絕對會與「孤單和寂寞」成爲如影隨形的親戚，任你想盡千萬個理由，也無法甩開這份心靈的悲傷。但是，老先生卻將所有的思念與記憶，用盡一生的愛戀化作另一種疼惜。

老先生經常到亡妻的墓塚，帶著妻子生前最愛的林林總總，想像著妻子一如往常的作息，甚或是時下所發生的社會現象，都變成了跟妻子說話的好題材。老先生信守著彼此在婚前所許下的一切承諾，會永遠守候、陪伴著自己今生的最愛；雖然此刻的她已長眠地下，或早已在另一個世界重新生活，老先生卻仍然每一天都會來到墳前先作一番整理與清潔工作，然後就展開一天的時間表。老先生自己覺得和已過世的妻子之間數十年的相處，如同是分不開的連體嬰，不管時空如何隔絕他們，但絲毫不會受到任何影響，因爲老先生可以強烈地感受到摯愛的妻子是亙古永存、長相左右的。

姑且不論這種感應的眞實性有多少？但老先生的這份癡情與執著，和現代版

的「鐵達尼號」又有什麼分別?當男主角已經知道自己生存無望時，他幾乎是用盡了全部的力氣替女主角加油、鼓勵。他說：「No matter how difficult, no matter what will happen, don't give up!」人有時不也就靠著這麼一個堅強的信念而活著嗎?是的，無論有多麼困難、無論會發生什麼事情，面對自己的人生，我們絕不輕言放棄。

曾在一本雜誌中讀到一位女士抗癌八年終於成功的故事。從一開始的不能接受到默默地承受著肉身的痛苦，繼而她終於決定要用無比的勇氣向死神宣戰的經過。相信這八年的抗癌經驗，必定是這位女士此生刻骨銘心的艱苦回憶。在八年的抗癌過程中，幸運的是她存活下來了。然而，她除了感謝所有該感謝的人之外，更體驗到家人無私的關懷和鼓勵，是讓當時得病的她「抉擇存在與否」的重要因素。

生病後她終於明白「家人」才是人生最大的幸福源頭。

雖然她的孩子們都旅居國外，但卻常常顧不得昂貴的長途電話費，也要聽聽母親的聲音。或許是他們害怕突然有一天，再也聽不到這熟悉的嘮叨聲吧！一句「媽媽！我們不但要你看著孫子長大，更要你看著孫子結婚！」這聲聲的關懷與不捨，鼓舞著爲人母者的存在價値，當然更激勵了這位勇敢的母親繼續與癌症拚搏的鬥志！

有了孩子們的加油，固然是燃起了活下去的勇氣和理由，但最讓這位女士窩心的，是丈夫對她的病不但沒有半句埋怨，反而是甘心情願地無盡的付出、綿延細心的呵護，讓在病榻上的她領略到眞愛的可貴與難尋。

每天，無論是在床邊或是任何她可以看得到的地方，細心的丈夫都會留下「愛的便箋」。可別小看這一張張的便箋，每字每句都代表著無盡的愛意。這股如涓涓細水般的暖流，流過她身上的每條血管、穿透她身上的每個細胞，讓她產生了無窮的希望，因爲「活著」的定義不再單純地爲自己，而是爲「愛自己的人」而活，爲了完成更多人的希望而活。

生命因爲有了重新所賦予的意義而變得全然不同，這看起來多麼的奇妙。許多的事情，就是由於給了它不同的想法、做法、用法，它的的確確是會徹底改變了原來的面貌。當你發現自己每一天都是被重視的、是被疼愛的、是被期待的，而自己也同時想要與心愛的人共同去完成某件事時，那種從潛意識所引爆出的巨大能量，才是支撐她走出癌症陰霾的力量，幫助她凝聚了全家人「愛的力量」共同來戰勝病魔！

當我被這份「眞愛效應」所感動時，正好是台灣總統大選剛結束，當激情過後，一切歸於平靜，電視新聞中出現難得一見的柔情專訪。才剛當選爲台灣第一夫人，吳淑珍女士以無比平靜的心道出多年前的一場車禍，差點奪走了她的生命，以及做母親的權

力。

沒有流淚、也沒有半點的怨恨。吳淑珍女士只是娓娓訴說著當年遭到車子輾過的瞬間，她想到的不是自己的安危與否？而是最放心不下當年兩個稚齡的孩子。所以，她不斷地要求自己一定要清醒，保持體力。在她看到了一位至親的時候，她只交代了自己唯一的請求，假如自己有什麼不測，希望將來親戚們能善待這兩位小孩！因爲，她清楚地知道自己的孩子，是不能接受失去母親的悲痛。她不能也不願丈夫爲了「守她」而終生不娶；那麼，孩子將是她心頭永遠放心不下的「最愛」。

不知是蒼天有淚，還是老天疼惜，吳淑珍女士終於走出死亡的幽冥，看著孩子成長，並且成功地輔助先生風風光光進入總統府。這份艱辛與苦難，總算在全家人的相親相愛中安然度過。回首往昔，吳女士用非常虔敬的心情，感謝上天對她的憐惜與厚愛，雖然她的人生的確是不完美，甚至有一些失落與挫敗；縱然，終其一生必須永遠與輪椅作爲好友，但她也覺得此生了無遺憾。

這位有史以來第一位坐著輪椅參與丈夫就職大典的第一夫人和她的家人，用最「真情的愛」感動了天、感動了所有的老百姓，再一次證明了唯有真實的情、真實的愛，才會激發人類最大的潛力，鼓舞自我邁向生命的新方向。

在這三段不同的真實新聞中，是三種真愛的不同表白，卻只有一個共通不變的真理。人間亦唯有真情、真愛，才能讓人堅毅、勇敢地向失敗「Say No!」無懼於面對的挫折，共同擊潰一切的勁敵！

捨得與捨不得

「難，愛與不愛都很難。……如果有選擇，也就容易捨得。」曾經聽過這樣的一首歌，在愛與不愛之間徘徊，在捨與得之間掙扎。如此矛盾、如此難以抉擇，在內心底層交錯、在靈魂深處交戰。

任誰都清楚知道，有捨才會有得。難就難在不能割捨、不忍割捨、不想割捨。親情也罷、愛情也罷、友情也罷，名利也罷、官位也罷、成功也罷。那些早已擁有的一切，誰眞正能捨？如何能捨骨肉之情？如何能捨心中最愛？如何能捨摯友之情？名利難捨、官位難捨，成功更難捨。

如果事事都不捨、樣樣都不捨，那又如何眞正能得？常聽一

些朋友說要捨得，要放下，可是又有多少人眞正捨得，眞正做到呢？我們離不開親人、離不開情人、離不開友人，不能放棄名利、不能放棄官位、更不能放棄成功。就因爲有如此多的難捨，教人如何懂得取捨？如何拿捏到最恰當的分寸？在捨與得之間做個了斷。

如果不是因爲有包容、有寬恕，有心痛的感覺；當親人的辭世、愛人的分手、友人的分離時，我們爲何不能堅強地從容面對？捨棄這一切的情緣？所以，要捨眞不容易，能捨更是難得。我們怎能捨棄握在手中的一切，去談什麼得與不得？

但，如果眞是捨了，就一定會得嗎？如果不得又該如何？於是得失心如浪濤般在內心中洶湧浮動，在情緒中上下衝擊，難以做出眞正的決定。到頭來，爲了怕不能得，所以還是不能捨。因爲，眞是捨不得啊！就爲了能捨又未必能得，於是讓許多人躊躇不前，茫茫不知所然。捨與不捨，豈是一個「難」字可以說個明白？

就是因爲難捨，所以不得又何妨？於是自私心、忌妒心、懷疑心……全部都蜂擁而至！如何能叫人捨？說是容易，做實在太難。一生中有太多、太多的牽絆在周遭圍繞，叫人不知從何捨起？

有一位孩子問父親一個小時可以賺多少錢？父親回答說：「一個小時賺二十元美金。」孩子於是想向父親借十元美金。父親覺得非常奇怪，一個小孩子突然間需要那麼多錢做什麼呢？所以父親對孩子說，只要他能講出要如何正當地使用這筆錢，在合情合理的範圍內，一定會幫助他完成心願。

孩子猶豫了一下，立刻跑回自己的房間。出來時，他抱著心愛的存錢筒，並且將存錢筒交給了父親。然後，孩子張

開了他的小手臂，由於高度的關係，他只能抱住父親的雙腿；孩子抬著頭小聲地對父親說：「爸爸！我存了很久，但是只有十塊錢，如果你肯多借我十塊錢的話，那麼，我就有二十塊錢可以買你一個小時來陪我了。明天是你的生日，我想要爲你慶祝，跟你一起共進晚餐！只要你給我一個小時就足夠了。」

父親用力一把抱起自己的孩子，心酸的眼淚自眼眶慢慢地滑落。孩子的捨，想用錢來購買父親的時間，是爲了要得到父親的愛。父親的淚，是爲了讓孩子明白自己的愛。同樣是「捨」，同樣是「愛」，雖然表達的方式不同，但同樣有所「得」。

在台灣百年來的大地震中，震碎了許多人的家、許多人的夢。家毀了、人亡了；親人走了、愛粉碎了、畢生的積蓄也沒有了；眼淚、嘶喊，再也難以召回失去的一切！多少心痛的片段、多少不堪回首的記憶，一次又一次地在電視畫面中重現；每一次的再見，悲傷的心如同被一把銳利的劍重複地刺痛著。如此多的傷痛、如此多的難捨，最後還是非捨不可；如此多的恐懼、如此多的等待，曾經以爲失去的、再也找不回的生命，最後卻是奇蹟出現，讓人又重新得回。悲與喜、得與失，就像擲筊一般，不是正、就是反。捨與不捨、得與不得，又豈是人們能預設的呢？

災難的現場，聚集了焦急等待的人們。有人歡天喜地慶賀重生、有人心碎落淚，撫摸著親人早已冰冷的屍體。有人在睡夢中安詳過世、有人在驚慌中逃跑、有人抱著房契、存摺死命不放。有人早知難逃噩運，寧願陪著八十多歲的老母，抱著全家福的照片，帶著對家人的愛，準備在另一個世界中再見。多麼奇妙的心情變化，就在這短短的十幾秒

鐘，摧毀了所有埋在瓦礫中的夢。自私的臉孔、高貴的情操；貪婪的心、淡泊的靈，一切都在這短暫、讓人來不及思考的瞬間，逐漸逐漸地消逝，最後又終將歸於寧靜。

其實，「得與捨」是一種無形的感覺，是來自心靈的聲音！當你能捨、願意捨的同時，你的心靈早已經超越了一切有形的物質，豐富了自己靈魂的最深處，讓你覺得無比的快樂與滿足。此時的你，早已渡化了世俗，無所謂捨不得、能不能得的困擾。

捨得也好，捨不得也罷，僅存於自己的態度與感覺，無所謂對與錯的相對性。能捨也好，難捨也罷，只有用心去體會人生，必定能在這捨與不捨、得與不得的蹺蹺板中，找到最智慧的平衡點。

心，在離你不遠處守候

你絕不相信，人和心在分離時還能活著？關於這點，你一定會存疑？許多的貴人在生前曾答應做「大體捐贈」，當你看到醫師宣告他們死亡確立時，會搶第一先機，立刻做「大體」器官的摘除與移植手術。一顆鮮活跳動的心，必須趕在最短的時間內摘除和植入在受贈者身上；如果沒有太大的不適應和排斥，不久之後，一個「心」的生命又再度獲得重生！

今天，我看到一則電視新聞，內容是有關一名年紀不到二十歲的妙齡媽媽的生命悲歌。年輕的媽媽一直隱瞞病情，硬是要把小嬰兒生下來。最後，在無可奈何的清況之下，醫生唯有先將嬰兒剖腹取出，然而，媽媽的生命卻危在旦夕。因爲在兩個星期之內，如果找不到任何願意捐贈肺臟的腦死病人，她將無法親自撫育新生命，自然也無法看見他長大成人、生兒育女。

這，豈不就是人間最悲哀的事嗎？這，豈不是生與死的「輪佔」。在這裡離開，又在那裡復活；在那裡離開，又在這裡復活。起起伏伏、生生滅滅，像極了數學公式。套用公式，就錯不了。想來人生，就是這套公式，可以讓它過得平凡無奇，也可以讓它過得轟轟烈烈。

我時常幻想著，假如有那麼一天，我的孩子他極需要一顆心卻又遍尋不著時，是否可容許作爲母親的我，捐出自己最寶貴的生命，給予我的孩子有再一次重生的機會？我當然知道在現行法令上是絕對不可能成立的。那麼，我又該如何去面對失去他的悲情？我猜，這必定是一種異常痛苦的感覺。想想，或許自己到時已屆風燭殘年，能活著的日子已不多，又怎能去面對老年喪子之痛？又怎捨得讓孩子年輕的生命如同「雨後的彩虹」，只能抓住瞬間的鳳毛麟角？

問題又來了，就算是可以捐贈的腎臟、骨髓……，也必須經過篩檢，才能嘗試移植手術。萬一不符合，屆時，生與死還是懸在一線之間。這樣的心情起伏，就在等待一顆善心，一顆慈悲的心，願意無私無悔而付出的心。在這個「酷斃了」的社會裡，眞的會有這麼一顆「熱騰騰的心」在不遠的地方守候，溫暖即將冰冷的靈魂嗎？

多年以前，我有一位長得很像明星的同事，但聽說他在不久前罹患了白血症。這種被稱爲「白血球過多症」的血癌患者，通常都需要等待骨髓捐贈，或是近親移植；然而，近親移植機會只有四分之一，假如篩檢不合，還是必須等待合適的救援者，這段等候的時間可長可短。很幸運地，他終於找到了一位捐贈者；她，不是外人，而是自己的同胞妹妹。可是，這樣的幸運不見得人人皆有。

另外，我還有一位同事，幾乎病發的時間和前一位差不多，但幸運之神似乎沒有那麼眷顧他。原本調了新職務、升了官是一件值得慶祝的事，卻無奈地竟會在這個位子上說一聲「告別」，實在讓人遺憾。來到新公司，上班沒幾個月他就住進醫院，接著是在醫院裡接受治療。這樣斷斷續續、不知不覺地消磨將近一年多，記得某一天，聽其他的同事轉述，他在太太的幫忙下，坐著輪椅特地回來看我們。終於，該來的還是會來，那次的見面，也是訣別的時刻。靜靜地，就這樣與這位同事悄然永別。

在生命的輪動中，有人心理上早已準備好，到該離開的那一天，要怎麼向好友們一一地說再見，可惜永遠是朋友先走一步，想說的話沒法子派上用場；有人說什麼也不相信，自己會那麼快就走到人生的盡頭，雖然不願說「再見」，卻也沒有選擇的權力。

身處於高科技化的時代裡，我們的生命也許比以前更有希望延長。生命是延長了，但隨之而來的是社會高齡化、失智老人、獨居老人……等問題，試問中國人最驕傲的五千年優良傳統怎麼會走了樣、變了味？從前讀到的「不知老之將至」這句名言，恐怕要改爲「懼怕老之將至」時會無依無靠、孤苦伶仃；層出不窮的老人自殺問題，聞之怎能不教人心酸、落淚、擔心與恐懼？「活著」對他們而言是一個毫無意義的名詞，在乏人照顧、無人關懷的生活空間裡，生存的價值觀已經被全然地毀滅。

除了老人問題之外，腦性麻痹、唐氏症病患或是植物人，如果自身有家庭照顧還好，假如完全沒有、或是低收入戶，必定會成爲需要被照顧的一群。可是政府哪來的那麼多經費照顧他們呢？難道，就要讓他們餐風露宿、流浪街頭？

人生際遇，雖是悲喜參雜，禍福相繫，偶爾也會讓人淚中帶笑，苦中仍見其甜蜜。尤其是當人處於病痛中、苦難中、困阨中，在極需要奧援時，這種溫暖人心的感受會特別地強烈。通常，我們的親朋好友們，都會適時地給予我們許多關懷。如果，還有一些是來自不同群體的問候，是一種發自人性裡層、極其溫馨的舉措，當然更會讓我們對不可知的未來，懷抱著更多的希望！

然而，在我們生活的大大空間裡，的確是有這麼小小的一群人，身處在這個大得使人渺小的空間裡默默行善。他們的義行義舉，讓這冷酷的世界，燃起一絲光芒、一線希望。

且看各篇新聞報導，仔細分類後仍可見到一些不錯的小方塊，雖是小小的一篇，卻似一股清流，涓涓滴滴沁入心底；至少，有了他們的付出，你會看到、感

覺到人間的溫情，不是絕對的功利、不見絲毫的冷漠，這樣的世界，你怎麼會捨得放棄自己？例如每年歲末的點燈時刻，冷冷寒風吹在這些不幸的朋友身上，卻也甜在他們心裡，因爲總有一些熱心的義工和志工朋友，或是福利團體、基金會等民間機構，會發揮高度愛心來關懷這些弱勢朋友。除了歲末，平日我們也會看到許多的宗教團體、青年志工團體等，分別在各個大小醫療中心，協助老弱貧病的朋友解決一些簡易的醫療手續問題，好讓他們懂得如何才能順利與醫護人員溝通，進而合作。

當然，如果你住在台灣，你一定不會忘記，桃園大園空難事件、九二一大地震時，有多少熱心的朋友共同參與助念、救災和災後重建工作。至於其他的社會服務，也在一群群熱心人士的奔走、努力下推動；這群熱心人當中，有企業家捐出土地、捐出數十億元和他的寶貴時間，完全無私的奉獻自己；也有許多的志工朋友，犧牲難得的假日，替貧病無依的老人服務。他們的各項「義行」眞是多得不勝枚舉。

在這個已經「酷斃」了的世界，這群熱心人，散發著一股暖暖陽光，將冷冷的「心」適時加溫。他們像傻子、像呆瓜，無怨無悔地付出，他們出錢、出力，甚至捐獻出器官、身體，究竟他們爲的是什麼？

其實道理非常簡單。相信他們都厭煩每天在報上所看到的光怪陸離事件，到處都充滿著暴力：兒子殺老父，只爲了不答應買車；要不，就是爲了爭財產；還有爲詐領保險金，而埋下殺機……。每日的爭爭鬥鬥，大至國事，小至家庭，男女情愛；不休止的殺戮、不停息的謾罵，已經讓人極度想逃離這個空間。難道，我們眞的無法挽回什麼？熱心的人們開始認眞思考，爲何不能用一顆顆熱騰騰的心，去溶解那些已被冰封的靈魂？爲何不告訴這個酷酷的社會，永遠有一顆心，在離你不

遠處守候著，只要你需要，這份溫暖就會屬於你。

千萬別小看這些細微的動作，他們的熱心，可以讓人看得見，更可以讓人感受到。無論是冷風中捎來的溫暖，或是志工們在各處所提供的服務，他們絕對是替整體社會加分，減少社會的成本負擔。然而，單靠這麼一小部分熱心人是不夠的，我相信，愛心需要灌溉、需要散播、需要更多人來參與，才能成爲大的結合體，匯聚成一股無與倫比的能量。假如人人能參與服務，人人能付出關懷，生命豈不更具意義。

因此，我的內心充滿著感激，無論社會如何動盪、如何變遷，依然有著一些別人眼中的傻子、呆瓜，不斷浪漫地付出、快樂地奉獻。如果，有那麼一天，當你經過台北市政府時，不妨稍作停留，去「喜憨兒」咖啡廳坐坐，感受一下那兒的咖啡和喜憨兒們純眞的服務，也可以捐獻出你的愛心，豈不一舉數得。又如果，有那麼一天，當你經過台北市和平東路與建國南路的陸橋下，也別忘了洗洗你的愛車，讓這些燒燙傷的朋友爲你服務一下，證明他們是殘而不廢，重拾他們的信心，又可貼補他們日常所需，何樂不爲。

只要有心，你一定可以做到。只要甘願付出，你一定能幫助更多的朋友。無論我們是生，或是在我們已過世後，隨時都可以參與各項的社會服務、骨髓移植、器官捐贈……等。我們可以捐出錢、捐出力，甚至捐出身體；這種無我的大愛精神，就像一顆留在遠處守候多時的「心」，只要有人招手，就可以得到立即的服務，這是多麼讓人貼心的舉動。

從現在起，你我都知道，除了自己外，還有另一顆心，永恆不變地，繼續在不遠的地方守候著。

「喜憨兒」：對一些唐氏症、弱智朋友的稱呼。

風浪裡的小魚

風裡來，浪裡去，討海人的生活是天天與大海拚搏。拚贏了，高高興興地帶著漁獲回家；拚輸了，就葬身海底，化作海中一朵朵捲起的浪花。

爲了生存，討海人必須學會求生之道。不但要懂得風向、水性，還要有足夠體力、耐力及智慧，才能在每一次的風浪中倖存。人是如此，活在汪洋大海中的魚兒何嘗不是如此？在每次的風浪中，小小魚兒開始學習著生存之道。在風裡、浪裡、魚群裡，努力學習著「適者生存」的天意，也要學習著如何躲避大魚的侵襲，才能留下活口。

有一次，巧遇中國大陸非常有名氣的影后劉曉慶女士。那時，曾和她做了一次很不一樣的知性暢談。她適時地運用「小魚」來形容自己的處世態度。劉女士認爲，無論何時，都要讓自己有一顆「柔軟的心」。如魚兒在水中擺尾般的自在、如小草被風吹時低頭般的輕易。雖然，浪大、風大，總有一些不適應的小魚會被浪給捲走，或是變成大魚的腹中之物，但還是會留下一些能順應環境的小魚兒。當雷電交加、豪雨傾瀉時，再堅挺的大樹也經不起雷劈電擊而折斷，唯有那看似柔弱的小草，依然留在原地等待著明天豔麗的陽光。

常聽人說：「兵來將擋，水來土掩。」人生定律果眞如此，你一定要做那隻打不死的蟑螂，就算是碰到了強力「剋蟑劑」，也要找出獨門解藥，快快把它給吞了。記住，只要不死，明天？明天算什麼？到下、下……個世紀，你的子孫都還活著，說不定還移民國外，也不會被罵是非法居留。

說實話，要學做一隻人人恨之入骨、又怕得要死的蟑螂還眞不容易。蟑螂的求生能力超級強。不挑食，無論什麼東西都能吃，舉凡紙張、塑膠……，除了鋁製品、鐵製品等咬不動外，幾乎都可以進了五臟廟。隨遇而安，蟑螂可以處處爲家，走到哪，就歇在哪。不但如此，它還能裝死，反轉肚皮的蟑螂是活不了的，不過只要有一線機會，讓它轉回到原來的位置，蟑螂又能像一條龍般地活起來了。你能說它不是個厲害的角色？

除了要有蟑螂死皮賴臉、硬是不死的能耐之外，還要學會一身惹人嫌、又讓人無從把它消滅的好工夫。即便是水裡的小魚，大海中生活的討海人，現實社會中無所適從、寂寞疲累的上班族，都可以認眞地考慮一下，好好學習蟑螂的這些好本領。日後，遇到風浪、碰到困境，都可以輕易地拿出這些看家本領，不信天下還會有什麼闖不過的難關。

做事難，做人也難。現代人求職講IQ、也講EQ。IQ好，EQ也很重要。如果你的IQ不錯，EQ不好，升官之路一邊等，慢慢排隊吧！反過來說，假如你的IQ普通，可是EQ一流，升官之路距你不遠。可見得EQ在現代社會裡有多重要了吧！換言之，除非你的IQ超級高，可以獨當一面，做個「蓋茲」第二，否則，還是好好培養培養自己的EQ，或許還來得及搭上升官列車。

所以，不管是風浪裡倖存的小魚，或是與大海拚搏的討海人，抑或是一隻打不死的蟑螂，還是具備百變身段的EQ高手，都得要明確的知道「生存之道」無他，唯有「低調」二字而已。你一定要讓自己「生存在別人不注意的空間，成長在別人不在意的地方，茁壯在自己開創的坦途上」。人生能掌握自己之眞正所需，是非常難得的。人，並不需要用盡一生的時光，來證明一件已經是「成功」

的事情；反倒是應該用最虔誠、謙卑的心去多多學習，才能豐富你的生命之旅！

如果，你已經完全明白了你現在所處的境況，你就不難理解要用怎樣的本領在「人海惡浪」中穿梭、翻滾，要如何掌穩船舵才能乘長風破萬里浪。如果，你還不明白也沒關係，你總在電視裡看過「衝浪運動」吧！那些運動員跟隨著大浪的高低在起伏，全神貫注，並順勢平衡身體；否則稍一不留神，巨浪立刻將他包圍、甚至捲走。這個看起來刺激的運動，實則道盡了現實的人生百態。

是選擇明哲保身？順勢浮沉？隨波逐流？還是離群而居？端看自己對未來的定位。假如你問我會選擇哪一種方式？我想我會做一條「不起眼」的小魚。雖然是順勢浮沉，但不隨波逐流；我的心中早有一把尺，隨時衡量、拿捏人世間的分寸。我不會沉淪在名利浮華中，竊竊自喜，因爲我早已看清，「輪替」的洪流有如汪洋中的大海嘯、陸地上的龍捲風。無情的巨風與大浪，捲盡所有貪婪的人類，搜刮無數慾望的心。

誰能抗拒權勢的迷惑？誰能排斥金錢的魅力？除非你選擇了離群而居；否

則，就學做一條與世無爭，與群體爲善的小魚，不卑不亢、悠遊水中，置身於另一個世外桃源。要不然，你也可以學作一隻打不死的蟑螂，貼在牆壁的高處，冷眼靜靜地觀看這場「人生大戰」。

榮耀與屈辱

記得小時候，曾經唱過這麼一首歌：「榮譽在我心裡，我就不怕風浪，不怕風浪……，直到岸的前方。」學生們都三五成群，大家分別排成一縱隊，手中不但要做出像在划船的動作，口中還要煞有其事地大聲唱著這首歌。幼小的心靈從小就被灌輸了對榮譽心的認知。做得好、該帶的都帶了、衣服整齊清潔，那麼老師就會在我們的聯絡簿上蓋一隻紅色的兔子，否則就會蓋上黑色的兔子。所以紅兔子與黑兔子，從此就烙印在每一個小孩的心中，因爲那是榮譽的象徵啊！

與友人聊天時，突然聊到幾則小故事。有一個小孩在放學後興高采烈地告訴自己的母親，今天他考的數學成績是班上唯一考到九十分的。母親聽了好高興，並且鼓勵孩子，希望他能再接再勵，下次能考更好的成績。沒想到孩子卻回答他說：「媽媽，這恐怕有點困難！因爲……因爲班上其他的同學都是一百分，只有我是唯一考九十分的。」此時，母親臉上雖有難色，但也只好硬著頭皮對孩子說：「其實九十分也不錯，總比不及格要好多了。只要再努力，一定可以成功的。」

另外一則小故事就更有趣了！有位小朋友囁囁嚅嚅地拿著成績單交給父親簽名，忐忑不安的心情在他小小的臉龐上表露無遺。爸爸看完了成績單之後，沉默了許久，然後對著孩子淡淡地問了一句：「你們班上總共有多少位同學？」小朋友立刻回答：「爸爸，一共有四十五位同學。」父親溫柔地安慰孩子說：「也好！反正你已經是最後一名了，以後也沒有退步的機會，只有進步的可能。」

聽完了這兩則讓人笑中帶淚的故事，眞是覺得人生好無奈也好無知。在最好中的最爛、與最爛中也只能爛到此爲止，形成多麼強烈的對比。前一位母親的榮耀與後一位父親的屈辱，似乎極其容易分辨；但實際而言，母親的榮耀在短瞬間變成了屈辱，而那位看似屈辱的父親，卻仍有機會等待著下一次榮耀的到來。

榮耀，它的確帶給了人們無比的快感，就像天使在你的身上套了無數光環，讓人愉悅歡樂，人們會歌頌著你的成功、談論著你的爲人、找尋著你得到掌聲的軌跡。於是，你成爲家喻戶曉的人物、人們口中討論的目標；從此，在不知不覺中你變成了標竿、變成了榜樣。當然也可能變成了某些人的眼中釘、肉中刺。榮耀，會爲你戴上許多光環，不過也會爲你帶來許多的失落。仔細想想，多少功成名就的偉大人物、多少立下汗馬功勞的英雄好漢、多少國際級的名流與迷人的偶像，他們有多少時間屬於自己？有多少空間屬於自己？有多少隱私可以保留？又有多少權利可以發揮？用心計算一下，你會發現眞是少得可憐唷。

有人受盛名之累而足不出戶、有人怕被人跟蹤而找了專職保鏢，有人被偷拍勒索、有人被設計陷害、有人被公開隱私……諸如此類的事層出不窮，讓人煩不勝煩。如何脫逃？如何找回昔日的寧靜？這些事情的演變，都在是當初所始料未及的。如何從容面對？如何不在乎別人的異樣目光？如何用最沉澱的心情來接受所有的一切？實在眞不容易哦！

一位在日本享有殊榮、聲譽崇高的法國畫家，在沒有預警之下突然自殺。只因爲得知自己罹患了帕金森氏症，恐怕此生再也難以重拾畫筆，眼看自己身上的光環一下子就消逝，怎能教人承受得起？榮耀對他而言即將變成屈辱，眞是讓人

無奈，讓人感慨！「不如歸去」常是許多藝壇、文壇中的佼佼者最後所選擇的路。除了法國的畫家畢費之外，日本的大文豪川端康成、三島由紀夫；台灣的作家三毛、早年的影后阮玲玉、林黛、樂蒂……等皆是如此。他們不都全是套滿光環的人物嗎？但榮耀似乎並未爲他們帶來多少歡樂；相反地，卻爲他們製造了許多解不開的困惑。

那麼，「屈辱」又會帶給人們什麼呢？其實，無論它會帶給人們什麼，相信絕對不會是人們所愛、所要的。人世間有誰會捨棄讓人光芒萬丈的「榮耀」，去追逐那讓人棄如敝屣的「屈辱」？若不是情非得已，若不是早已超越自我，晉升無我、忘我的境界，否則，只有不能辨識好壞、渾渾噩噩、終日不知所云的人，才會對屈辱毫無感覺。

既是如此，當我們必須面對、無從躲避屈辱時，又該如何去正視？如何去接受？怎樣才是最佳的自我調適呢？這……，的確教人有點難堪、有點卑微；心中的忿忿不平，常使人燃燒起慾望之火，必定會想盡一切方法，執意要讓自己的「屈辱」漂白！

十幾年前，我有一位同事在公司裡「終結」了自己，這對當年民風保守的台灣社會而言，是多麼不可思議的事情呀！但，它的確是眞眞切切地呈現在我的眼前。出事當天，第一位進入錄音室的同事，在錄音機座後看到一雙腿時並不以爲意，心想一定是哪一位同事太累了，就乾脆睡在錄音室裡不回家，但又怕自己在錄音時的聲音會吵到熟睡中的他，於是決定將他喊醒。

當這位同事走到錄音機座後方時，他簡直不敢相信自己的眼睛，因爲眼前所見的竟然會是一具屍體。那被層層黃色膠帶所包裹著的臉，會是哪一位同事呢？

膽大的他首先拿起電話通知高層，接著他走近屍體，直接可以看到掛在胸前的名牌。到底是怎麼一回事呢？這個於不久前才出現在電視轉播以及各大報紙媒體的名字，如今爲何會躺在這裡呢？那些曾經屬於他的榮耀與光環，似乎在瞬間已隨著這些黃色膠帶包裹著的臉隨風而逝！

每天中午時分，也是我走進這間錄音室工作的時刻。但今天一切都已改變，法醫、檢察官、刑警充斥在平常就已略嫌狹小的錄音間，同事們心情低潮自是不在話下。可是對我而言，那突如其來的衝擊，實在不是旁人能體會與感受的。我眞的不能明瞭，一位才剛得到廣播界最高榮譽的好同事，爲什麼會用這樣的方式去結束自己？這樣的方式，需要多大的勇氣和決心呀！

過了一段緘默的尷尬期，再經由若干口耳傳聞，我才約略了解到事情的大概。原來這位同事爆發了經濟及信用危機；他有一部分的錢是用「以會養會」的方式來維持，假如有一家倒會，就會產生骨牌效應，首先被波及的必定是他，果然在經濟不景氣來臨時，他眞的被朋友連累了。

當事情發生後，他只有硬著頭皮對自己的朋友、同事負責到底；難怪他曾對著大家說：「我一定會給所有的朋友一份承諾、一個明白的交代。」誰會想到，結束他自己的生命就算是給大家的承諾與交代？又有哪位同事或朋友願意是這種交代、這種結局？在那段榮耀與屈辱同時並存的複雜心情，對當時的他而言，實在是莫大的諷刺和矛盾。誰能忍受才剛戴上的光環立刻要被屈辱所摘下？唯有用最寶貴的生命來換取信守的承諾，才可以保住了自己的榮耀，免於活著時蒙受到重重的壓力與屈辱，這是多麼悲哀與痛苦的抉擇。

雖然出了如此大的事，但公司卻以低調的方式來處理，希望讓一切煙飛灰滅、無影無蹤。而那間錄音室也暫時被冰封起來，我也只好被移去另一間錄音間繼續工作了。或許人事更迭，或許物境遷移，新的同事加入、舊的同事離開，新的管理階層進駐、舊的管理階層調任。然而，每次當我經過那個走廊，或是輪到在禮堂開會時，所有的往事就像檔案般浮現在我的腦海中，成爲永遠不可磨滅的印記烙在心頭。

時間的鐘擺從來沒爲誰停留過，它不停地往前擺動，我們的人生也只有跟著它的擺動而向前行。十多年過去了，連我自己都曾以爲會在此終老、退休的地方，也到了必須要跟它說再見的時候。這棟大樓被高價賣出，即將由一家新公司接手再全部重建。或許土地可以易主、建築物可以改觀，但歷史不能更改、生命不能重來。回想在這棟工作了多年的大樓，它曾是我成長的地方，也曾讓我在這裡得到許多長輩的照顧、同事的關懷。這裡埋藏了我許許多多的美好回憶，以及我許許多多的悲傷往事。

常聽長輩們說：「禍福相繫！」我也時常以此提醒自己，榮耀與屈辱不過是一線之隔。經歷過許多事，有的苦、有的甜，有的濃、有的淡；離開了，再回首，才看清楚人生的學問是多麼深不可測？我也從少不更事，到懂得人生的不可預設。人生沒有所謂的最好或最壞，沒有人因爲最好而得以長生不老；也沒有人因爲最壞而被罰多留一輩子。

因此我也逐漸地、慢慢地領悟到，當光環套在身上時，學會把它遺忘；當屈辱加在身上時，要學會更加堅強。無論自己是好、是壞，要學會改變自己的心情；無論環境有多惡劣、挫折有多深重，一定要學會用「愛」的力量去轉化它。

因爲人生只有放開，才能釋懷。

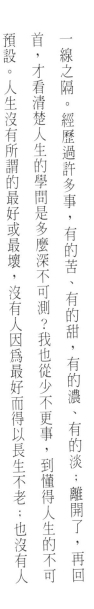

27. 3~7天要做些什麼？

記得最後一次參加搖滾歌手薛岳的記者會，離他過世的日子沒有多久。當時他挺起精神，強裝笑容，在記者會上談笑風生，說著他的痛、他的悲、他的悔以及他未能完成的夢……

他後悔當時以爲人生有太多的明天，所以什麼事都可以慢慢來；他哀傷自己沒有太多的明天，所以拖著疼痛的身軀，也必須完成這最後的理想。或許這一切有些嫌遲，因爲，有很多事似乎才要開始，卻已經到了盡頭。

好友陶曉清小姐，也是我很尊敬的廣播前輩，她含著眼淚介紹著薛岳如何走過這條艱辛的音樂路。最後，在衆人的掌聲中，薛岳用盡最後的力量爲我們唱了這一首歌——「如果還有明天」。最後的一次現場演唱，衆人都是在淚眼中聆聽。除了歌聲，現場一片寂靜，希望時間就此停住不再前進。沒過多久，這位才華橫溢的搖滾界王子與世長辭了，留給人們無限的思考空間。

「如果還有明天」眞好，因爲很多想要做的事，還可以留到明天；很多做不完的事，也可以留到明天；一切未完成的夢和理想、一切的失落與挫敗，通通都

可以留到明天。只因爲大家都知道，「明天會更好」！所以一切的希望就寄放在明天吧！

「如果還有明天」眞不好，誰會知道你一定有明天呢？「如果沒有明天」，是不是就沒有了偷懶的藉口，很多想要做的事，不需要留到明天；很多做不完的事，也可以在今天處理完畢，人生不就過得更積極？更輕鬆？過一個沒有欠債的日子，做一個沒有負擔的人。

曾經有一位長輩說到他自己的生涯規劃：「二十五年讀書，二十五年工作，二十五年做自己，過過自己一生中最想過的生活，徹底地、盡情地享受『做自己』的樂趣。」聽完了這番話，我仔細地數了一數，三個二十五年？那是七十五年呀！人生，豈不已經過了大半的日子？好險他在五十歲時已經覺悟，否則，七十五歲垂垂老已時，還有什麼體力去完成自己的理想？去過自己一生中最想過的生活？去徹底、盡情地享受「做自己」的樂趣？

孔老夫子不是說過：「人生七十才開始。」我不是對這句名言存有懷疑，而是我們的人生一定能等到七十嗎？當我公公因爲心肌梗塞過世時，只有六十八歲；當我婆婆因爲腦溢血中風時，只有六十三歲。人生七十未必是個開始，這是不是又有點太悲觀了呢？如果人生沒有明天，沒有七十可以等待，我們天天活在現在、活在當下、活在今天，你就不會覺得悲觀。相反地，你可能會重新對自己的人生作一番檢驗，在沒有七十可以等待的人生中，你要怎樣規劃你的一切。

七十五年，是兩萬七千三百七十五天左右。用兩萬七千多個日子做成一個大大的行事曆，當每過完一天時，就用筆在這一天上劃個「X」，你會發現日子是過得那麼快，過了一天就少了一天，那才真叫做可怕呀！也許，只有用這種看起來最愚笨的方法，人們才能真正地感受到什麼叫做「光陰似箭」、「歲月如梭」，才會真正懂得珍惜時光、愛惜生命，才會明白那句老掉牙的成語「一寸光陰一寸金，寸金難買寸光陰」的箇中涵義。

假如人生真有兩萬七千多個日子，日子又是過一天少一天，那麼，我們又應該如何去規劃它們呢？第一個二十五年，或許不是自己可以掌控的，至少有十八年是被父母親規劃出來的。十八歲以後的自己呢？是選擇繼續升學？還是學一門專門技術？或是早已離家出走、在外遊蕩？也許是家庭原故，必須立即就業來補貼家用；也許是不希望再被父母管束，想早點獨立自主，過一下自由的生活……。總之，第一個二十五年，算是渾渾噩噩地過去，也莫名其妙地用掉了三分之一的人生。剩下的日子又要怎樣去過呢？

第二個二十五年，在職場上打拚，爲了幾兩銀子鞠躬哈腰，做一個完全沒有自我的打工仔。爲了升遷，再要好的朋友也會翻臉，否則下一次的「輪替」不知等到何時。這一個二十五年，過得可能比前一個還辛苦，除了爲工作而拚外，還要爲婚姻而拚。現代的婚姻觀不管是男追女，或是女追男，只要追上了，就湊合湊合吧！反正不合適時，就離婚嘛！根據統計，現在每一千對的夫妻中，就會有兩對是怨偶，離婚是絕對免不了的。離婚還算簡單，離完婚後孩子的歸屬權、贍養費等一堆後續的問題，讓你這二十五年也不會太好過。

就算你很幸運也很努力地全然無我地付出，因此你婚姻美滿、事業有成、兒女乖巧；但現實社會中的形形色色，也會讓你天天擔心受怕，害怕自己的孩子太善良，不懂得保護自己而受傷害。如果你的孩子還小，想要請個外勞來幫忙，又得要擔心她會不會虐待小孩？於是每天人是在上班，心卻是懸在家裡，七上八下的，到最後也只好裝個監視器，讓自己稍微安心好過一點；要不，就乾脆請太太回家「吃自己」，小孩自己帶，應該會放心多了吧！爲工作、爲婚姻、爲孩子，還有什麼時間爲自己呢？第二個二十五年，九千多個日子，通常是在自己的選擇、掙扎、焦慮與疲憊中無奈地度過。

五十年，一萬八千多個日子就在如此這般地在煎熬中消逝，要說完全沒有遺憾？絕不可能。眼看人生早已失掉了一半，的確是該在剩餘的生命中好好爲自己想一想，計畫一下第三個二十五年要做些什麼。

有人說：「趁現在還走得動，趕快出國旅遊。去一些從小就夢想要去的國家，看看那些聞名已久的古蹟、風景名勝；或是度個小假，完全地放鬆自己，做一個沒有壓力的人。」出國旅遊散心非常好，但總不能二十五年都在旅遊吧！所以有人想要去讀書，補回年少時所放棄的知識；有人將累積的退休金去創造事業的第二春，過過老闆的癮，實現一下自己的理想，將多年來工作的成績眞正落實在自己的事業上。不過，如果想選擇遠離塵囂，找一個山明水秀、清靜之處安度餘年，著實也是個不錯的想法。

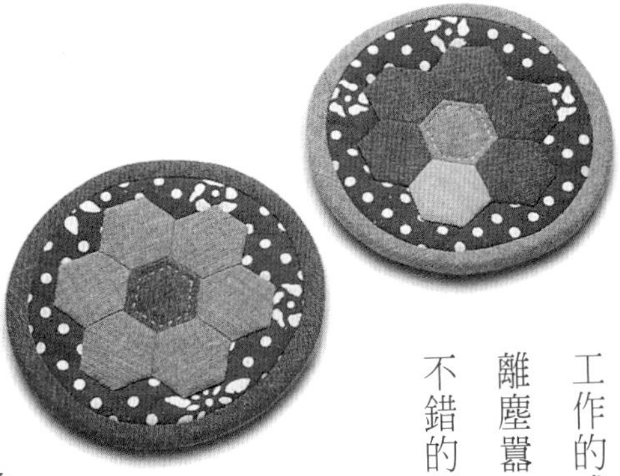

若你是一位幸運兒，可以寓工作於娛樂，那就不一定要爲第三個二十五年做出任何決定，反正現在做的已經是你一生中的「最愛」，夫復何求？你只需把身體照顧好，繼續在現有的工作基礎上努力，就是在實現理想，何樂而不爲之。像從前有一位教英語的老師「鵝媽媽」女士，一生都忠於原味，以教職爲終生事業直到離開人間。眼看她快樂地教著小朋友說英文，不但不苦，反而讓她遺忘了身上的病痛。這種完全的投入，雖說未必人人都能如此幸運，但可以肯定的是，她早已清楚地知道，唯有「自己」才是人生中的掌舵者。要過什麼樣的日子，全看自己的喜好與規劃了。

兩萬七千三百七十五個日子你到底要怎麼過？

一位老友說得好：「我們一定要讓自己在有限的生命中，作無限的延伸。」如何能夠達到呢？從現在起，只要下定決心去做也爲時不晚。人生蹉跎，可以度日如年；人生苦短，當然也能日日都是「人間四月天」，還需要找誰「許我一個未來」呢？

轉折

一個讓人散漫的午后，就是那種你會覺得懶懶、黏黏的空氣，讓你會啥事都不想做、不想動的午后。不但十足像是一條冬眠的蛇，更像是沒氣的輪胎——扁扁的、軟軟的。這看起來像是病了，卻絕不是病，而是一種心情的逃避，找不出藉口來掩飾的逃避。

人是感情的動物，就算你有鐵血般的剛勁，還是會被柔情慢慢地融化。不然怎會有「柔能克剛」的說法？好吧！在這種莫名的怪怪心情中，我要用怎樣的柔情來消化心中的壘，就得要好好的想個清楚明白。

喝杯咖啡如何？是濃郁的黑咖啡？還是來杯花式的愛爾蘭咖啡？我想還是來杯布滿奶泡的拿鐵咖啡吧！一連串的問號，一步步舉棋不定的念頭，足以證明心情的凌亂。手中接過「拿鐵」，貪婪地猛吸了一口浮在咖啡表層的奶泡。

這樣的咖啡是必須用特別的方法來製作，當然也要用特殊的心情去體驗。咖啡豆好不好？鮮奶的泡沫用蒸汽打得夠不夠細緻？都是必要的條件。講究一點，還可以按照個人的喜好選擇自己喜歡的糖漿，有榛果口味、焦糖口味、楓糖口味、杏仁口味……等。如果，你找到一間很道地的咖啡館，那就更棒了！老闆一定會將少量的糖漿倒入杯中，然後再倒咖啡，最後才加入發泡鮮奶。

通常，在精緻的咖啡館，「拿鐵咖啡」都是裝在長弧形的玻璃杯裡。透過玻璃的晶瑩剔透，你可以靜心觀賞牛奶與咖啡交融的美感，更可以經由杯子的長度，品味出糖漿慢慢揉合咖啡與發泡牛奶後滑入喉中的口感。那滋味，是糖香、咖啡香、牛奶香混合出一種很特別的口味，落入口中卻又變成了純屬自己的感覺，有如點抹香水般地誘人！

玻璃杯中的拿鐵風味，自然是「紙杯拿鐵」無法比擬的！握在手中的咖啡因爲有厚厚的奶層呵護著，所以不容易著涼。放下了杯子，我突然像發現了新大陸般，心情有了一番轉折。對

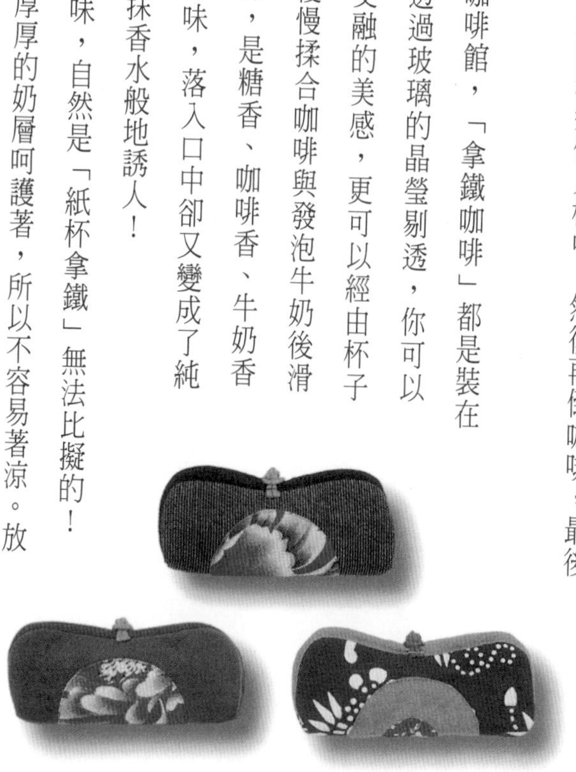

呀！一杯咖啡可以反映心情，也可以反映出現實人生！

有位朋友說得好，人生應有「休止符」。不是人生就此結束，而是作為行事與心情的轉折。音樂中的休止符時而快、時而慢，曲曲繞繞、澎湃迭起的音樂旋律，因為有了一個停頓、一個轉折，讓聆聽者可以做心情的交替、情緒的更換。撥開被音樂暫時牽引的靈，又再度回到了最原始的自我空間。

此刻的我的確也有同感，那融合了咖啡、奶泡和糖漿的「拿鐵」，有深咖啡色、揉合牛奶後的淺棕色、還有一絲絲的純白色；這三種顏色構成的形貌，不就象徵著人生的多樣性與複雜性？有人深沉、有人圓滑、有人單純；有人頑固、有人中庸、有人鹵莽。真是絕妙的人生啊！

看過一本書上寫道：「仇恨、敵人、謊言、天然災害，是古代西方一代霸主大流士最害怕的四樣東西。」從這樣的排列組合看來，對仇恨的恐懼是大於敵人，敵人又大於謊言，謊言又大於天然災害。所以「仇恨」是可以讓人瘋狂，讓人喪失理性，讓人殺紅了眼，進而闖下滔天大禍。兩軍相戰，如非國與國之間的深仇大恨，誰能忍心濫殺無辜？平民百姓之間無怨無恨，又怎會變成世仇？因此，無仇無恨就不會成為敵人。

至於謊言又何足以懼？一代霸主居然會認為謊言比天災還可怕，這豈不有點奇怪？有點荒謬？其實往深層一點想就能明白，天災是不可預防，也不可設定，只能乞求老天爺幫忙，庇佑風調雨順、國泰民安。再說，天災也不是天天都會發生，怎能和隨時隨地都可產生的謊言相提並論？謊言不但傷人，更可殺人於無形。謊言可以使人產生幻象，讓「無」變成為「有」，讓假象變成事實。謊言其實與謠言是「異曲同工」。早年的紅星阮玲玉就曾為流言困擾，至極甚至還寫下了「人言可畏」的遺言。「人言可畏」是因為謠言與謊言所組合成的「假性事實」奪走了「眞實」；沒有了「眞實」，人怎能不失去信心？精神怎能不就此瀕臨崩潰？

謊言，實在可怕呀！它不單單是可怕而已，它還能替人類製造更多的仇恨、更多的敵人。而謊言製造者卻能在「假象」的保護傘遮蔽之下，戰無不勝、攻無不克、坐地分贓，享盡人間之榮華富貴，繼續苟活在世上！思憶至此，也不禁搖頭感嘆，古往今來，多少先賢哲人是敗在謊言與佞臣的手下，即使有一肚學問，最後仍是難逃被誅連九族、流放邊疆的命運。更恐怖的是，謊言還能流傳久遠、歷久彌新、青出於藍、千年不滅、生生不息！

就算沒有玩過，也看過一種叫做「傳話」的遊戲，傳到最後，不是離題太遠，就是完全錯誤。有一個很意識形態的廣告，畫面上出現了許多人在傳話，傳到最後竟變成「貓在鋼琴上暈倒了」。這種極端的表現方式，說明了謠言、謊言在社會團體中的角色與地位。當事實碰上謊言時，你會相信事實還是謊言？

實在說來，相信與不相信又有何妨？謊言固然可怕，謠言也絕對可惡。

假如，你能跳脫假性事實，做一個眞性情的自己；或是轉變心情，像休止符般地讓腳步稍做停頓。此時停下來的你，可以看得更遠、更廣。謠言、謊言又算什麼？那只能算是人生中的標點符號而已。我們有時總會需要一些「逗點」、「句點」、「頓號」、「分號」來稍加修飾，做點轉折，才能均衡一下人生的不平、調整一下破碎的情緒、收拾一下被支解的心靈。

來吧！喝杯「拿鐵咖啡」，享受濃郁香醇的口感，在忙碌的生活中偶爾畫上個休止符，或者將自己的一切交給標點符號，讓心情「轉折」一下。你會發現自己的EQ在改變了，哪還會在乎什麼是謊言？什麼是謠言？你也沒有時間去假想誰是誰的敵人？誰又製造出多少的仇恨？

只因爲你和我一樣，沉醉在咖啡的迷思裡，跟休止符、標點符號一起摻入，再加上一點奶香、糖漿的香，全都進駐口中，享受著咖啡緩慢地沁入心底。

多愁善感，只因為心中有愛

是一段因緣際會，讓我走進了廣播界。

對一個普通話說得不怎麼好的僑生而言，這「字正腔圓」可能比音色渾厚、音質優美還要困難得多。我如何可以克服重重障礙，開創出自己的一片天空？實在是說來話長。

如果，你在一家公司工作十五天，老闆就宣布公司倒閉，不知你心頭會做何感想？是難過，還是無奈？當時，我只是默默將桌面收拾乾淨，把屬於我的帶走，把不屬於我的留下。我的頭腦一片空白，一切只想留到明天再說。心裡眞不知道是該慶幸？抑或是該憤怒？因爲，我曾剔除衆多工作，挑選出這個我認爲可以發揮自己才華的公司，沒想到，這十五天來的努力全白白浪費了。

我帶著大包小包離開了公司，由於不想在正常上班時間內回家，於是我穿越了馬路，在仁愛路上的行道樹公園坐了下來。

也許是巧合吧！這家倒閉的公司就設在仁愛路「紅葉蛋糕店」的三樓。當時的「紅葉蛋糕」非常有名，但價格卻不是我這窮職員可以負擔得起。不過很幸運，每天我都可以用我靈敏的鼻子來吃蛋糕。中午時分，就帶著便當和同事一起到二樓的咖啡廳喝下午茶。你千萬不要覺得驚訝，當時的我哪來的錢喝咖啡呀？偷偷告訴你，那時的紅茶、咖啡只要花費「十元多一點」，夠便宜了吧！

在行道樹公園，抬頭多看兩眼我的公司，雖然只有短暫的十五天，但我還眞的滿喜歡待在這。正陶醉在自己編織的幻想中，忽然我被拉回了現實。原來是我的同事兼死黨好友小梁在喊我，她是我這輩子的唯一死黨，讀書時代就膩在一起，找工作理所當然也膩在一塊囉！不過，她可比我有才華多了，舞文弄武，樣樣精通，更重要的是她比我勤快。前一天，她已經通通收拾好私人物品，然後很感慨地對我說：「這次可眞的要分道揚鑣了。」我想也許是吧！人生總是聚散兩依依。

我們沉默無語並肩而行，沿著噴水池一路走著，我相信那時我們彼此的心情

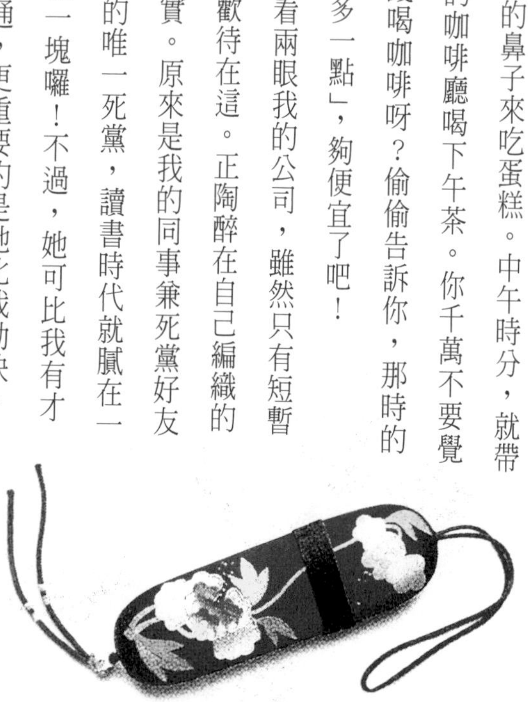

都很鬱悶，也很不捨；工作沒了，這份濃得化不開的友情是否也會隨著轉薄呢？走著走著，到了公園的盡頭，我們挽著手一起穿越了馬路。馬路的這頭是公車站牌，一向有很多人在排隊，不過當天的人群卻不是在等公車。好奇的我們探了探頭，才看到紅色耀眼的大字報，上面寫著幾個大字：「招考播音員」。原來，這些排隊的人們就是要去報名考試的。

我們倆看看時間還早，不如也來湊個熱鬧吧！反正也不用花報名費，考考也無妨，於是我們也擠在人群中等著領取報名表。出人意料的是，這家廣播公司的招考方式居然採用立即報名，立即試音。試音合格後，才能參加筆試、口試。天呀！我們倆只好硬著頭皮走進錄音室裡試音。這是生平的第一次，也是徹底改變我整個人生的一次！

不知是天意還是運氣？我想是都有吧！我居然被錄用了，人生有時眞是不可預設。就因爲這樣，我又繼續在美麗的仁愛路上班，只是換在「紅葉蛋糕」的對面而已。一晃眼，十多年就過去，我也從未離開過這個範圍。

進入了廣播圈，才知道同事們各個都是菁英，各個都是家喻戶曉的名嘴，而當時的我可眞是一位名副其實的小學徒。如果說我日後會有小小成就，也許就是我的啓蒙老師對我非常嚴苛的教導所奠定的根基。我的組長白茜如女士，我常常暱稱她「白阿姨」，她曾是台灣紅透半邊天的廣播人，自然深諳如何展現聲音魅力和咬字發音的處理，所以我這位笨學生被派駐在她管轄之下，著實讓她頭痛不已。因爲不懂注音符號的我，如何能將國語（普通話）說得如她一樣正確、一樣標準，還眞是要下很大的苦功。

白阿姨送了我一本書，是專門教外國人學國語（普通話）的書籍。裡面所寫的字通通都是同類發音，也就是說，只要你會一個字的正確發音，那麼其他的發音也會了。所以我必須每天研讀，熟記每個字之外，還要錄下我每天的讀報錄音；只要有任何一個字發音不正確，白阿姨都會圈選出來讓我重讀，同時還要將整段新聞重錄。那時，我除了日常的工作要做之外，還要找時間正音，的確有點辛苦；可是當我想到白阿姨願意花時間來糾正我，如果不是爲我好，又何必浪費時間呢？只要想到這就覺得一點也不苦，反而還有一種很幸福的感覺！

後來，我尊敬的白阿姨因爲身體不適移居美國，在機場送行時，我們倆淚眼相望，心中都很明白，也確切知道這次的離別可能永遠不再相見。我含淚擁抱了當時端坐在輪椅上的白阿姨，希望透過這樣的身體接觸，讓彼此的心靈作完全地交流。心想如果日後有一天，我可以與她一起分享我的榮耀，那該多好！終然等到了這一天，我得到了自己廣播生涯中的第一座金鐘獎。第一念頭就是將這個消息向白阿姨報告，當接通美國的越洋電話時，電話那端的白阿姨是喜極而泣，然而那時的她，頭部以下已經動彈不得。這份殊榮來得實在有點晚，沒隔多久，我最尊敬的白阿姨就與世長辭了。

我很慶幸在她有生之年，能讓她知悉她曾對我投注的愛心沒有白費；我也告誡自己，將來的我也要學習白阿姨的精神，不斷地傳承與提攜後進，用更多的愛去照顧、關懷年輕的後輩。這是我一段難忘的廣播情緣。

日後，我繼續在電台主持節目，原本播送的對象只有東南亞的華僑，沒想到後來又將播送範圍擴大到中國大陸。從此，「亞洲之聲」的台呼更深入許多朋友的心中，而我也和另外幾位主持人一起被聽友們暱稱爲「亞洲之聲」的四大天王。

成爲四大天王之一，當然落在肩膀上的責任就更重了。從與聽友的互動中，我是收穫良多，除了滿滿的信件外，還有許多的留言電話。一九九三年，我們曾在福州辦了一場小型的聯誼會，沒想到中國大陸各個省份的聽友蜂擁而至；其中還有三位聽友是存了好幾個月的打工錢，才勉強湊足了從河南到福州的火車旅費，卻又因爲票價太過昂貴，只能買到站票，於是就站足幾天幾夜才來到福州參與我們的聯誼會。

可能是在火車上沒辦法休息的原故吧！當我看到他們因顛簸而疲憊不堪的身影時，我們不禁相擁而泣。只因爲這份架構在空中的緣，像散落在天涯海角的無形絲線，串緊了每一顆沸騰的心。這份在別人眼中不可思議、不能理解的感情，發生在每一位「亞洲之聲」的聽友們心中卻是理所當然。他們常說：「沈姊，中國之大，我們何其有幸能夠見面，這是一輩子的夢想！見過一次，未必還會有第二次的機會。所以，如果能夠，我們一定會風雨無阻，把握住這唯一的機會。」這唯一的機會可不是從台北到高雄，而是河南到福建，寧夏、內蒙到北京呀！

一九九九年我們一行人又到了北京、哈爾濱、上海、南京。沒想到耳朵尖的聽友們早已在機場歡迎我們，讓早春的北京洋溢著一股暖暖的愛意。只是我沒想到這些可愛的朋友中，居然有來自寧夏、內蒙古、青海、福建、湖南……霎時讓我覺得悲從中來，我好想好想說一聲：「你們眞傻，但又傻得可愛！你們眞癡，但又癡得讓人心酸！」

在哈爾濱有坐著輪椅由家人陪同來看我們的聽友，他們團團圍住了我，大聲合唱我所主持的節目主題曲。我驚訝地問道，他們是如何學會？難道他們彼此間早就認識了？他們立刻異口同聲地回答：「我們都是來到這兒才認識的，可是我們一點也不會有陌生的感覺。因爲我們有共同的話題，就是聊聊亞洲之聲，談談你和其他的主持人，我們是敞開了心來迎接你的。沈姊不是常說自己多愁善感，其實是因爲心中有愛嗎？我們也都是一群心中有愛、多愁善感的聽眾！沈姊、沈姊我們愛你！」此情此景，我那沒出息的眼淚再度奪眶而出，像飛瀑傾瀉不能休止！我的感動是由他們觸發的。沒錯，我的的確確時常在節目中告訴他們：「沈姊很愛哭，請不要怪我。因爲我自認是一個最眞實、最眞性情的人；我不能看到一件悲傷的事卻無動於衷。我會哭，可是我也很會笑，只因爲我是一個有血有淚的人！只要是人，怎可能沒有情緒？沒有情感？所以我說我多愁善感，只因爲心中有愛！」但是眼前的這些朋友們，你們可知道？今天流淚的沈姊，完全是因爲你們心中的愛，讓我眞的更多愁善感起來了。

這份情感持續延燒到上海、南京。步行在外灘，我們所有人都沉默了，因爲停留的時間實在太過短暫，第二天一早就要揮別。這一別，眞不知何年何月才能相見，怎能不叫人黯然神傷？一路默默沿著大街走回旅館，就在離下榻的旅館不遠處，突然有人首先發難，硬是哭了起來，原本就已經緊繃與壓抑的情緒當下全潰散了。大家包圍著我，相互哭成一堆淚人；淚水、汗水與五光十色、絢麗璀璨、號稱「十里洋場」的上海，成了極爲鮮明的對比。

整頓完行李，準備登上旅遊車往下一個目的地出發的我們，又再度被依依不捨的聽友圍繞著；雖然百般無奈但也必須把心一橫，一頭鑽進車箱中，我再不敢抬頭凝望車窗外，因爲我知道自己無法觸視那一雙雙哀傷的眼神，無法承受那一聲聲難捨的叫喚；頓時，我的眼模糊了、我的心往下沉了……。當車子緩緩駛離飯店時，我可以透過後照鏡，看到他們在車後追逐飛奔的模樣，在車水馬龍、擁擠不堪的上海街頭像瘋了似的穿梭著；我實在不忍、實在擔心他們的安全！可是我除了流淚又別無他法，只有在心裡不斷地祈求，但求老天庇佑我們還會有相見的一天。

就在等待紅燈時，有一位從江西到上海的聽友終於趕上我們的車，他不停拍打著我的車窗，利用這短暫的時間我快快打開窗戶，平時常爲等紅燈等得很不耐煩的我，突然間感謝起紅燈來了！他牢牢地抓住了我的手，一邊哭著、一邊喊著：「沈姊，我們永遠支持你！沈姊，不論天涯海角，我們風雨無阻！我們多愁善感，只因爲心中有愛……」綠燈亮了，車子向前開動的力量將我們緊握的手猛然分開，街道上陣陣喇叭的催促聲、車子引擎聲，淹沒了他的聲音，也淹沒了他的身影……

這突如其來的舉動，讓我忐忑不安的思緒久久不能平復，一路上，我不斷咀嚼玩味著這趟行程所經歷過的場景。它們讓我想起多年前一部著名電影「齊瓦哥醫生」中的一幕，當男主角在車上看到自己找尋已久的女主角正在車外行走時，他在車上焦急的嘶吼著，不論他用多大力氣來喊叫，都被街道上嘈雜的聲音給淹蓋，直到男主角在車上心臟病發，車外的女主角仍舊茫然不知自己的愛人早已魂斷不歸路！車內、車外的對比，導演交疊場景的互換，讓所有知情的旁觀影迷惋惜神傷、心碎不已。

斗大的淚珠從眼眶中滴落在手上，驚醒了沉醉在電影情節中的我。我清楚明白縱使此生不會再見，這似曾相識的情景也絕不可能忘懷。感謝老天爺讓我誤打誤撞走進了廣播界，更感謝我的公司許我在「亞洲之聲」主持節目，從而改變了我的一生。

我想，我會記住與聽友們曾經許下的承諾。「風雨無阻」是我們的力量、「特別的愛給特別的你」是我們的期許、「多愁善感，只因爲心中有愛」是我們的精神標竿！歲月可以改變我們的容顏，但無法改變你我心頭永恆的記憶，只因我們心中塡滿了濃濃的友愛，今生今世，永誌不渝！

沈琬的語言——你懂、我懂、大家都懂

朱婉清

沈琬是個開朗、明快而又感性的漂亮女孩，胸中蘊藏無盡情絲，要把她的甜酸苦辣一一呈獻給欣賞她、喜愛她、更認同她的廣大讀者群，以及原本就是她忠實聽衆群的好朋友們。

沈琬在財團法人中央廣播電台原本就是顆閃耀著極大光芒的明星級導播與主播，金鐘獎競賽對她來說，堪稱東方不敗常勝無阻，沈琬在廣播領域裡自有她獨霸一方的氣勢與雄才。雖然在台灣，尤其台北市無法收聽得到，廣大的中國大陸可充滿著對中央台「四大天王」的箇中大將沈琬著迷的群衆；「沈琬」這個字號，代表的不僅是對大陸廣播領域裡的「空中玫瑰」是對岸同胞們的情感寄託，更代表著中央電台承襲了舊制中廣海外部濟濟多才之士之中充沛的潛力。沒有如沈琬輩全力以赴的第一線尖兵，中央電台不可能在改制財團法人之後頭一年，就締造出五大入圍、三大獲獎如此輝煌金鐘佳績。

沈琬的風華表現在文字上時，性格是細膩而多愁善感的，對生命充滿惑疑和感嘆，生和死、聚和散、愛與情、悲與歡，沈琬的筆下藉物抒情，構思出優美的散文語句，蘊藏無限感性，對人生、婚姻、情愛、男女、離合……，太多情緒如火山、如洪流，埋伏在沈琬胸臆，好似一不小心就將轟轟烈烈引爆，生活中種種星星之火，都足燎動起小沈琬的大思緒，她的觀察敏銳、筆觸誠摯，閱者難免動容。

而臧否是非時沈琬也那麼理性溫柔，她對女性特別維護，希拉蕊和黛妃都獲得了她的支持，「三口女」是她對天下女子一番期待，三口成「品」，女孩要打扮有品、做人做事有品、面對愛情更有品，「寧爲潑婦、不爲怨婦」，「潑」是活潑的潑，正像沈琬自己的風格般，鮮活馳動。

所以沈琬是以自我世界裡的點滴體驗爲生活下註腳，由於她的生活多姿多采，難怪筆下也如孔雀開屏、輝煌燦爛，令讀者也隨之心花怒放、目不暇接。領略過「沈琬式」熱情的好朋友們自然知道那份炙熱感應程度，熨燙在肺腑之上，挺舒坦、挺受用。

沈琬除了坐擁廣播天空，也同時「製作」了一家熱熱鬧鬧、興興旺旺的麻辣火鍋店，她這位大老闆每日坐鎮其中，聽取各路英雄英雌紛來捧場時之綜合資訊，相信很多文思皆由此起，路客與刀客看多了，對人生的參悟也必更深刻，鍋火沸騰時，人間多少辛酸事，盡付麻辣中。

爲祝賀沈琬的新書誕生，在我個人卸下中央電台董事長這份吃力不討好的重擔以後，爲移交與善後拖延了許久，終能提筆寫下數行對沈大妹子文章的衷心感言。她的文，和她粉粉嫩嫩的皮膚與花俏麗亮的衫裙一般，充滿熱力和光芒，讓消沉的人羨慕她那份活力，更足以鼓舞了已不信人間有情有愛的失望人等，重新撿拾再往前行的勇氣和智慧。

柔軟纖細、體恤人生

常勤芬

初識沈琬的時候並無深交，她正是荳蔻年華，不僅長得美麗，同時充滿了智慧，在外人看來眞是得天獨厚，似乎所有的好運都眷顧她，讓許多人好生嫉妒。後來，在偶然的合作機緣中，對沈琬有了進一步的認識與了解，方知這些年她所歷經的波波折折，以及她對人生的看法、個人的涵養，最讓我感動的是除了專業修養、敬業精神外，她有一顆柔軟、細膩、悲天、憫人的心，默默地做了許多不爲人知的善事。

閱讀沈琬的文字作品，就如同聽她的有聲廣播，字字珠璣、聲聲傳情，讓我驚歎不已，甚至內心的激動久久不能平復。她關心周遭的一切，細微的觀察，獨到的看法，讓身爲「姊」字輩的我慚愧不已。

廣播人出書，雖不在少數，但似沈琬這般的內容倒不多見，其中的點點滴滴歷歷在目令人唏噓不已。廣播工作算是社會服務業，但除了提供相關的服務外，卻又好像肩負著社會教育與文化傳播的責任及功能，因此沈琬的這本書，將她多年從事傳播工作的所見所聞、感想心得，以動人的筆觸娓娓道來，深深沁入人心，值得推薦，尤其她希望將這本書的所得，完全捐給慈濟功德會，更是用心良苦，教我佩服，先前她已將一筆可觀的收入捐助給另一慈善機構，而每年她都有計畫的在散播溫暖與愛心，是個不可多得的奇女子。

誠心的祝福這位好心的「妹妹」，有福報、平安喜樂！

原來「簡樸真實」也一樣能感動人

陶錦鵬

認識沈琬貞是偶然，也屬有緣！我們不但都來自香港，還是同一所中學的前後期同學。

與沈琬聊起她的作品，實在有點好奇。這樣的一位人物，既是傳播人，又是生意人，哪還會有時間撥空寫一本書？

當讀完她的文章之後，我沉默了。這是我要的感覺！一份不需要華麗詞藻鋪陳架設的眞情、一種極簡手法的描述，是確切動人的。它不但易懂、易讀，更易宣洩胸中萬般情懷。相信不單是我爲之動容，也絕對會獲得普羅大眾所深切認同！

我更加明白，原來簡單樸實照樣可以感動人。一個普通不過的故事，也可以直達人心！希望經由這本書中的文章，能飛越時空的藩籬、穿透讀者的心緒，一起走入另一個思想的空間裡。

後記與感謝

美麗的思維必然是清幽寧靜的結晶？我始終持有懷疑！

沒有詩意與浪漫的創作環境，一部破舊的冷氣、一張雜亂的餐桌，卻讓我寫下了第一本的「處女作」。爲了彌補簡陋、粗線條的感覺，我選用了一些虛擬的環境，來加強、來營造出浪漫！

你是否覺得很矛盾？是的！人生本是極其矛盾與衝突，也就因爲這樣的不相容，倒也成就了許多大事。由於「無所有」，所以「虛擬」。「虛擬」架設了一個飄渺的空間；在這空間中可以任意揮灑，展露出心靈另一處特優的境地！

所以，我必須感謝一群讓你我走進冥想境界，在空靈中與事實相融，進而參透眞實人生的好朋友們。

感謝成就了這本書一切「美學與視覺效果」的好朋友們：

封面與內頁圖片提供：中國女工坊

中國女工坊創辦人陳曹倩女士

圖片整理：中國女工坊秘書修靜女士

特別感謝陳曹倩女士。曹姊不但提供所有私房照片，並特地爲本書的美學提供許多寶貴意見。例如封面便是曹姊親自選用「女工坊」所製作的藍靛染布，剪下布體再做美工的視覺效果變換而成的。由於曹姊對「中國女工」，特別是民間婦女傳統手藝的熱中與永續傳承，讓本來就喜愛中國刺繡的我找到了一個靠岸。

文字與美編：揚智出版社晏華璞女士

方圓工作室

英文修飾趙麗娟女士

爲了本書的美編與文字能有共通的神韻，感謝晏小姐費煞苦心，想了又想、編了再編，呈顯出眼前的面貌。

感謝成就了這本書一切「聽覺效果」的好朋友們：

CD歌曲、音樂與導讀錄製：

「敞開你的心」：關德輝先生

音樂構思與協調：吳哲圻先生

音樂編製暨演奏：花生隊長樂團

音樂錄製工程：Ampersand工作室

舉凡在本書附贈的CD中所有旁白錄製、背景音樂，以及音樂演奏與錄製，都是這些才華橫溢的好友們費盡心思的作品。因爲人間有愛，化爲所有感動的音符，迴旋嫋繞在我們的耳邊；心裡充滿著的激盪，又豈是一句「謝謝」了得！

感謝成就了這本書一切「心靈效果」的好朋友們：

感謝鼓勵我圓夢與創作的《講義雜誌》社長：費文先生

感謝在創作路上伴我一同有感覺的前輩與好友們：

前財團法人中央廣播電台董事長：朱婉清女士

中國廣播公司業務部副理：常勤芬女士

香港知名導演：關錦鵬先生

最後要感謝成就了這本書一切「心靈效果」的好朋友們：

或許，你們已經在另一個世界；也或許，你們還在我們的身邊……捐出了你們的故事，卻警惕了懵懂的我們……

我深信，你們一定會同意將這本書一切所應得的收入，全部捐贈出來，幫助所有急需幫助的朋友！

當然，還要感謝每一位擁有這本書的好朋友們：

在這個充滿了愛與奉獻的空間裡，我被濃郁的友情層層包裹著，行腳之地、落筆之處，皆是眞、善與美！教我更是卑微，更顯渺小。或許是整本書中所提及某些內容、某些人物，給了我更大的勇氣與決心，也給了我某些重大的省思；爲何不將此書的版稅捐贈出來，幫幫一些急需援助的苦難朋友呢？於是，我的心中再度翻騰；願似海浪衝激岩岸般，濺起朵朵浪花，與普天下的讀者一起化作熱能，在世界的各個角落散播陽光和溫暖！

雖然這本書既不是黃金、也不會有美女，但相信絕對會留給大家一些心靈的互動空間，歡迎諸位與作者一起捐獻愛心之餘，也可以上網聊聊心情！

再識沈琬

沈琬，有著處女座的纖細，卻沒有處女座的挑剔！

做了多年的廣播人，才發現除了廣播以外的愛好，竟是「君子」不做的事。所以「既然動了口，也要來動動手」，嘗試一次另類的接觸；看看在廣播的天空之外，是否也能架構出另一片園地？

寫下這本書，是要將心與心剖析出來。在「眞性情」牽引之下，人與人必定能戰勝時空的距離，作無國界的心靈溝通，終將不相識的人「結」在一起。從而，距離不再是心靈的藩籬；因爲彼此心繫相通，早已超越一切世俗的言語！

雖然作者是廣播與電視金鐘獎得主，卻從未引以自滿；相反地，更眞切體認謙遜的美德，誓言要「活到老、學到老」。

於是，放下曾冠上的光環，毅然背起書包上學去；書本與老師的教誨，同儕間的互動與激盪，相信必然能燃起作者另一番的思維與創意。

國家圖書館出版品預行編目資料

我的悲傷是你不懂的語言／沈琬著. - - 初版. - -臺北市：生智,2000〔民89〕
面： 公分

ISBN 957-818-182-5（平裝）

855　　　　89011837

我的悲傷是你不懂的語言

作　　者／沈琬
出 版 者／生智文化事業有限公司
發 行 人／林新倫
登 記 證／局版北市業字第677號
地　　址／台北市文山區溪洲街67號地下樓
電　　話／(02)2366-0309 2366-0313
傳　　真／(02)2366-0310
E-mail／tn605547@ms6.tisnet.net.tw
網　　址／http://www.ycrc.com.tw
郵政劃撥／1453497-6 揚智文化事業股份有限公司
印　　刷／鼎易印刷事業股份有限公司
法律顧問／北辰著作權事務所　蕭雄淋律師
初版一刷／2000年10月
定　　價／新臺幣250元
ISBN／957-818-182-5

北區總經銷／揚智文化事業股份有限公司
地　　址／台北市新生南路三段88號5樓之6
電　　話／(02)2366-0309 2366-0313
傳　　真／(02)2366-0310

南區總經銷／昱泓圖書有限公司
地　　址／嘉義市通化四街45號
電　　話／(05)231-1949 231-1572
傳　　真／(05)231-1002